当代文学的力量

时代的声音

尚书房

北京文学

重点优秀作品

种桃种李种春风

余一鸣 著

中篇小说卷

北京文学月刊社 主编

文化发展出版社
Cultural Development Press

图书在版编目（CIP）数据

种桃种李种春风 / 余一鸣等著 . —北京 ：文化发展出版社有限公司，2016.9
（《北京文学》重点优秀作品 北京文学月刊社主编）
ISBN 978-7-5142-1488-8

Ⅰ . ①种… Ⅱ . ①余… Ⅲ . ①中篇小说－小说集－中国－当代
Ⅳ . ① I247.5

中国版本图书馆 CIP 数据核字 (2016) 第 193499 号

种桃种李种春风

余一鸣 / 著

出 版 人：赵鹏飞
总 策 划：尚振山
责任编辑：曹振中 罗佐欧
责任校对：魏 欣 **责任印制**：杨 骏
责任设计：侯 铮 **排版设计**：麒麟传媒

出版发行：文化发展出版社（北京市翠微路 2 号 邮编：100036）
网 址：www.printhome.com www.keyin.cn
经 销：各地新华书店
印 刷：北京兴星伟业印刷有限公司
开 本：787mm×1092mm 1/32
字 数：146 千字
印 张：9.5
印 次：2016 年 9 月第 1 版 2019 年 2 月第 2 次印刷
定 价：49.00 元
I S B N ：978-7-5142-1488-8

《北京文学》重点优秀作品

（以得票多少为序，票数相同以发表时间为序）

【中篇小说】：《暗杀刘青山张子善》作者：李 唯

《朗霞的西街》作者：蒋 韵

《出门远行》作者：孙春平

《蓝名单》作者：杨少衡

《鸭舌帽》作者：尤凤伟

【短篇小说】：《火锅子》作者：铁 凝

《合作》作者：刘庆邦

《老爸的家庭会议》作者：女 真

《秘密》作者：霍 艳

《都市众生》作者：聂鑫森

【报告文学】：《低天空：珠三角女工的痛与爱》作者：丁 燕

《赶考——西柏坡感思》作者：李春雷

《探海蛟龙》作者：陈　新

《绝地上的诞生—— 一个令人发疯的科学神话》作者：陈启文

《落寞夕阳——中国农村留守老人现状采访记》作者：李绿璐

【散　　文】：《谁能够让你站起来》作者：张秀超

《命如蒿草》作者：赵　殷

《小孩，男人，狗》作者：袁劲梅

《亲爱的花朵》作者：安　然

【诗　　歌】：《且行且吟》作者：吴开展

《东方集》作者：黄　梵

《于坚的诗》作者：于　坚

【新人新作】：《二月里来好春光》作者：刘紫剑

《太平湖》作者：李学辉

《原点》作者：周建标

【转载作品】：《晚安玫瑰》作者：迟子建

《第四十圈》作者：邵　丽

《金山寺》作者：尤凤伟

《良霞》作者：李凤群

《世间已无陈金芳》作者：石一枫

《晚祷》作者：蒋　韵

《月煞》作者：孙　频

《种桃种李种春风》作者：余一鸣

《报道》作者：红　日

《莲露》作者：陈　谦

北京文学月刊社

2016年6月

前　言

文学照耀生活，精品点亮人生。

亲爱的读者，此刻呈现在您眼前的这套10卷本作品集，系我社举办的《北京文学》2013年～2014年重点优秀作品评选的上榜之作，囊括了两年间《北京文学》（精彩阅读）和《北京文学·中篇小说月报》发表的文学作品精华，包括

《北京文学》(精彩阅读)的原创中篇小说、短篇小说、报告文学、新人新作、散文和诗歌6大门类的25部优秀作品，以及《北京文学·中篇小说月报》转载的10部优秀中篇小说。这些作品，是经过《北京文学》编辑部严格把关、层层推选出来的。进入初评的候选作品，参考了作品发表之后的社会反响，如转载情况、读者反馈、文学界各方评价等，由《北京文学》编辑部集体讨论确定。终评上榜的优秀作品，由国内著名作家、评论家、编辑家组成的终评委，在集中讨论、充分发表意见基础上，现场无记名投票，按照得票多寡评出。这些作品，题材多样，风格迥异，内蕴丰富，精彩纷呈，作者队伍也实力强劲。在中篇小说、短篇小说、报告文学、散文、诗歌5个门类的30多位获奖作者中，既有铁凝、刘庆邦、迟子建、蒋韵、尤凤伟等知名作家，也有石一枫、孙频、霍艳、陈新等新锐作家，还有袁劲梅、陈谦等活跃的海外华人作家。

此前，《北京文学》曾以“《北京文学》奖”和“老舍散文奖”的形式评选奖励优秀作品，由于近年国家文化主管部门规范各类评奖，从本届评选开始，北京文学月刊社原有的“《北京文学》奖”和“老舍散文奖”合二为一，改为按年度划分的优秀作品评选，对优秀作品资金的扶持力度也大幅度提高。这套10卷本的优秀作品丛书，既是我社对2013年～2014年《北京文学》（精彩阅读）和《北京文学·中篇小说月报》发表作品的一次集中检阅，也是这两年间中国文学精品力作的一次集中呈现，值得广大文学读者阅读和收藏。

北京文学月刊社

2016 年 7 月

目　录

第四十圈 |邵　丽|

邵丽，女，中国作协会员。现任河南省作家协会副主席兼秘书长。作品发《人民文学》《当代》《十月》等刊，部分作品被《小说选刊》《小说月报》《新华文摘》及年选等选载，并译介国外。曾获《当代》文学拉力赛分站冠军，全国百家媒体“2003年度中华文学人物”最具潜质的青年作家称号。中短篇小说曾获《小说选刊》双年奖、《小说选刊》年度大奖、《人民文学》短篇年度金奖、《小说月报》第十五届百花奖、《北京文学·中篇小说月报》中篇奖、第十届《十月》文学奖、第四届“鲁迅文学奖”。长篇《我的生活质量》入围第七届“茅盾文学奖”。

上　部

1

我以一个作家的身份被下派到天中县挂职当副县长期间，很多人给我说起过一起曾经在这个县轰动一时的案件。是个杀人案，但也不完全是杀人案，案子里面套案子，挺复杂的。已经过去十来年了，现在大家还津津乐道。由于跟我讲述这个案件的人不同，案子的面目也不一样，对里面各色人等的评价更是千差万别，真像一出“罗生门”。这谁也别怪，我理解他们，案件不管多复杂，都是别人的。

第一个跟我说起这案子的是我的司机刘师傅。可从我到县里任职一直到离开，他始终也没把这个故事讲囫囵，其他人说得更是支离破碎。那次刘师傅送我回省城，在路上主动向我说起齐光禄——齐光禄是这个案件的主角。“赵县长，您是写小说的，那齐光禄的事儿，讲说起来比小说都好看。”我相信他从未看过小说，他生活中就两件事，开车和打牌。天中有俗谚：一怕孙书记作报告，二怕刘老四“推拖拉机”。——孙书记是县委管宣传的副书记，他安排秘书写讲话稿就一个标准：“今天是开大会，话不能说矬了，给我写够五十页！”刘师傅在家排行老四，据说他打牌可以三天三夜连轴转，眼睛都不带眨巴一下的，人在阵地在，不把对手熬趴下他决不下战场。

我说：“你说来听听。”

“他怎么就那么狠，眼睁睁地把一个派出所所长给剁了，”他一边吧嗒嘴，一边说，“这个所长我们早就认识，过去他没当所长之前，就在政府家属院住。挺内向的一个人，从农村考上的大学，第一个老婆跟别人好了，这第二个老婆也不是个正经货，名声不好，老大不小也找不到对象，最后不知怎么的就嫁给他了。”

凭我的职业敏感，我知道这可能就是我下来挂职所要体验的“生活”。就这短短的几句话，一篇好小说所需要的张力已经有了。我问他：“你说的这个齐光禄为什么杀所长？总有个前因后果吧！你能不能把这个事情详细说说？”“哎哟！要说那真不是个事儿！那算个什么事儿啊？哎嗨！钱，人家该赔也赔了，政府该补也补了，所长该免也免了。”他左手开车，右手捏着指头算着这三个“了”，好像这是一桩可以计算的买卖似的。

我坚持让他从头到尾说详细点。他寻思了半天，说：“一时半会儿根本说不清，这得抽个时间好好说道说道。”我说：“我们路上有将近四个小时的时间呢！”

“四个小时？那不够，太复杂了！”他摇着头，又重重地叹了口气，“太复杂了，想想就够让人闹心的。”

2

汝河往南走了一大段，又掉头往西去了。这样的走势在平原地区很罕见，属于倒流，所以当地人也把这条河叫做回头河。汝河河湾处夹着一个小镇，很像一个人的胳膊搂着个孩子。小镇与县城隔河相望，但是无路相通，只能坐船过去。别看这个镇子不起眼，名字却响亮得很,叫天中镇。也是因为有这个镇子,这个县叫天中县。据说这个地名是乾隆爷下江南路过此地时封的。但这种说法很值得怀疑，我从史书上看到关于天中的记载："禹分天下为九州，豫为九州之中，汝又为豫州之中，故为天中。"后来，我又在县志上看到"天中"二字竟然是唐朝的颜真卿所书。可见，历史真是经不起认真端详。

天中镇镇东头住着一户人家，户主姓牛，绰号牛大坠子。"坠子"在当地土话里有两层意思，一层是对本地戏曲的统称，一层是指一挂鞭炮最后那几个最响的大炮仗。牛大坠子跟这两样都沾点边儿。先说唱戏这一出，从小他就喜欢，只要一出门口，小曲就挂在嘴上，咿咿呀呀，抑扬顿挫。如果碰上一群人扎堆儿在那里聊天，他便凑上去，禁不住人家一撺掇，他就会半推半就拉开架势。那么胖大的一个人，踩起场子来如风摆杨柳，左手撮成兰花指掐在后腰上，右手撮成兰花指挑在胸前，其势如凤凰展翅，便一唱三叹地开始了：

我不告天来也不告地
状告皇王御妹婿
我告的就是他强盗陈世美
秦香莲我本是
他的结发妻呀、呀、呀……

至于把他跟大炮仗联系在一起，一来是他嗓门大，说话跟过闷雷似的，震得人耳朵轰轰响半天；二来他好充大，说话办事总爱拣个高枝，好像凡事都比别人高明。

坠子爷爷过去曾经跟过袁世凯，专门做手擀面，说是祖传手艺。老袁这个人一直到死都爱这一口儿。老袁死后，爷爷背着太子袁克定送的一把日本刀解甲归田，刚好遇到兵荒马乱的年月，技艺无以相传。直到后来得了孙子坠子，他才将刀和做面手艺传给了孙子。

不管爷爷是不是跟过袁世凯，用这方法做出来的面真是好吃。刀看起来也是真的，像传说中的皇室用品。坠子当了金豫宾馆的经理之后，把做面的手艺给解密了。相当简单：小麦、红薯、绿豆三种面粉和在一起，磕几个鸡蛋，使劲搅和，待白黄绿三种颜色混为一色，用瓦盆盖在案板上醒半个时辰，然后擀成半韭菜叶那么厚的面皮，晾至半干，刀斜成四十五度，薄薄地片下去，便成了厚薄适中的面条。用猪油擦一下锅底，把葱姜煸熟，待水烧成大滚把面顺势摆进去，出锅前再放几棵小青菜，点几滴芝麻香油。吃的时候有一股说不出来的“年少的味道”（爷爷说是袁世凯语）。那时候,就靠着这“袁面”，金豫宾馆红火了好大一阵子，如果不是后来的几多变故，结局肯定不是现在这样子。

坠子原来在金豫宾馆当大厨，虽然有祖传的面点手艺，他却死活不听爷爷和爹爹的话，做了红案。他不喜欢白案的冷清，对着一堆面粉揉来搓去，让人一点儿都兴奋不起来。他喜欢红案的热闹，爹怎么打骂都改变不了他的志向，于是只好随了他。很快他就出师了，煎炒烹炸相当了得，那完全得益于戏曲给他的启示。他觉得炒菜跟唱戏十分相似，热锅凉油，一把作料撒下去，嗞啦一响，是过门儿；待主菜下锅，一出大戏便开始了，锅碗瓢盆叮当乱响，有韵律，有节奏，还有情趣。那是一门让人上瘾的艺术。

改革开放之初，国营金豫宾馆实在经营不下去了，学习外地经验搞起了承包。那时候的人都小胆儿，商管委开了几轮会议，没人敢接这个摊子。坠子一拍屁股站起来，签了为期五年的承包合同。当时的报纸电台当作是一个重大新闻，进行了广泛报道，说他是中原的马胜利步鑫生，他的壮举将会在中原大地掀起一轮改革大潮，云云。

后来的实践证明他这个决策是对头的，他以“袁面”打头，以周围鄂豫皖地方特色菜铺底，生意做得风生水起，远近闻名。那时候，他牛总经理梳着中分大背头，一套上海“响铃”牌大方格西服，脖子上吊着猩红领带，皮鞋擦得锃亮。不管他去哪里，都扎眼得厉害。一辆古董级的黑色上海牌轿车驶过，能听到收音机里传出的老包下陈州的唱腔：

> 久念陈州众百姓，
> 辞别王驾早登程，
> 紧催八抬忙走动……

3

机关干部下基层挂职锻炼，总有点不伦不类。有钱有势的部门下来还好，能给人家跑个项目批点资金什么的，至少能为当地干部提拔重用牵线搭桥。像我们这些文化部门下来的，两袖清风，手无缚鸡之力，很难融入。眼看着两年的挂职期限已经过半，我心里不免暗暗着急。一来，自己分管的文教卫属于慢工出细活的工作，干好干坏一时半会儿也看不出来；二来，有形的项目自己一个也没干。别人说起以往的挂职干部，往往是谁谁谁修了水库，谁谁谁盖了一所小学。如果我回去，在县里不会留下任何可资评说的东西。有一次，我给在发改委任职的一个学弟打电话，求他帮忙给弄个项目。"姐啊，"人前人后他都这么亲热地喊我，"不是我给你弄个项目，而是你得先编个项目，我负责给你点钱！"电话那头乱哄哄的,好像是在歌舞厅里,那时是下午四点多一点。"编个项目？是编制一个项目还是随便编一个项目？"我玩笑道。"哎呀！姐，你这作家都当呆了，那还不是一回事儿？小说是把真事往假里说，编项目是把假事往真里说！"他那边已经开始唱上了，吼了一句粤语歌又跟我说："就这么回事儿，年底快批项目了，正好今年钱多得花不出去。"说完又唱上了。估计他也喝得差不多了，不然他不会这么跟我说话，他是一个知道分寸的人。

第二天，我带着办公室副主任赵伟中和秘书下乡搞调研。在县里，每个副县长都有一个办公室副主任跟着，其权力比秘书大，比办公室主任小，我的活动基本上都靠他安排。路上我问他，“编”个什么项目合适。赵伟中说：“赵县长，您是真想办事还是想办真事？”——妈的，这都什么语言，跟江湖黑话似的！我不禁想起学弟“编项目”之说——我说：“此话怎讲？”“真想办个事出出政绩，县政府项目库里的项目多的是，拿一个就是了。想办真事，那就看您觉得事情办得有没有意义了。”我说：“那还用说？我办事的风格你们又不是不知道！”刘师傅插话说：“赵县长，我觉得咱们县最值得办的事情，就是修一座县城通往天中镇的桥。这事儿老百姓意见很大。”“既然这事这么重要，过去怎么没人办？”“哎哟！”他又吧嗒起嘴来，这个动作表示里面有戏，情况复杂，“您不知道，天中镇人不好惹！就齐光禄那个事儿，前前后后拉扯多少年，到现在都没扯掰清楚。”赵伟中连忙喝道：“老四，别信口乱说！”

我想了一下，说：“刘师傅，今天咱们就直奔天中镇！”刘师傅扭头看了一下赵伟中。赵伟中把前面摆着的“县人民政府”的牌子拿下来，也没看我，叹了口气说：“走吧！”

虽然咫尺之隔，可刘师傅说要绕一个多小时的路程才能到。我想起他跟我说起的齐光禄的事情，心里隐隐约约有一种不安。也不完全是因为今天赵伟中的表现，很多人说起这个事情，都是这样一种态度。也不是避讳什么，好像谁都想躲开里面的麻烦，害怕会缠上自己似的。事情已经过去十多年了，现在说起来还如此讳莫如深，那么在这个案件背后，还有多少鲜为人知的东西？

4

牛大坠子承包金豫宾馆的第三年，来了一个南方女子。开始她是来推销报纸杂志的，养生、口才、营销、厚黑学，什么都有。女子一来二去，跟牛总就对上眼了。牛总不拘一格降人才，把她留下来做销售经理。这个女子不寻常，在销售上确实有一套，见人说人话见鬼说鬼话，不管什么人见面就熟，只要见过一面，下次一口便能喊出人家的职务。再到后来，牛总是一步也离不开她，连自己的家都很少回了。

坠子的老婆也是天中镇人，在家就是个病秧子。身体弱的人，往往性格暴戾。有时候，坠子跟她说不了三句话，她就能拿头去撞墙。所以坠子平时也不敢招惹她，遇到什么事都是躲着让着。坠子当了老总之后，好话说尽，才把她和女儿搬进城里。屋漏偏遭连阴雨，坠子和那女子的传闻，不知怎么的就传到了她这里。她气不打一处来，抓不到坠子，便逮住自己的女儿暴打。有一次坠子回家刚好碰见，还没解释几句，母女俩合着伙歹毒他。女儿哭着怪他惹事，老婆拿着热水瓶朝他头上砸。老婆本来身子就弱，又遇到这事儿，气病交加，熬了不到一年就去世了。老婆死后，牛大坠子很快便跟这个女子结为夫妻。结了婚以后他才知道，女子还有一个儿子，比自己的女儿光荣小五岁。坠子心中暗喜，这是买一送一的好买卖，不费力气就儿女双全了。

坠子的女儿牛光荣长得既不像坠子那么肥硕，也不像他老婆那么柴，是个细皮嫩肉的美人坯子。个子细长，瓜子脸，一笑俩酒窝，羞怯中有一种质朴。娘还活着的时候，光荣已经寻到了对象，是自己谈的，只是年龄不到无法办结婚证。光荣的娘一死，光荣跟后娘之间像乌眼鸡似的，你啄我一口，我掐你一下，没个消停的时候。后来光荣索性搬到男方家去住了。再后来，光荣肚子里有了。男方的家长找到坠子，支支吾吾地把这事告诉他。坠子大手掌拍在老板台上，说，那还扭扭捏捏扯掰什么啊？让他们俩先上车再补票不就得啦！

婚礼是在金豫宾馆办的。坠子本来就爱排场，当上经理之后结交的酒肉朋友又多，再加上双方驴尾巴吊棒槌的亲戚和镇上的乡亲，前后开了二百多桌。光荣的后娘重装登场，浑身披挂得比继女都像新媳妇，在酒宴上撒着欢卖弄风骚。光荣看着她，当着人面笑也不是哭也不是，新仇旧恨窝成一肚子气，强撑一天，一口饭都没吃。

婚宴一直拉拉扯扯到晚上才结束，牛大坠子与亲家喝得昏天黑地。吃完喝完，一群晚辈闹哄哄地簇拥着小两口回去闹洞房。开始还算文明，交杯酒，咬苹果，亲嘴……闹着闹着就不像话了，一群人先把新郎围在中间“撞墙”，把新郎撞得筋疲力尽瘫软如泥，拱到床底下再也不爬出来。他们随后又开始折腾新娘，拉着光荣的胳膊腿往上抛，说是放冲天炮。一下，两下，三下……光荣一天水米没打牙，浑身连四两力气都没有，被他们抛来抛去，开始还能挺着身子，到最后浑身就像一块面团一样绵软无力。最后一抛，面团从众人的手中滑脱。光荣四仰八叉朝水泥地上重重地砸去，像一列脱轨的列车，急速撞向一个未知的黑洞。

5

齐光禄原来并不是本地人，老家是东北的，父亲是军工厂的老工人。20世纪六七十年代，中国与苏联交恶，因为形势所迫，军工厂大部分迁往三线。他跟着父母来到了鄂豫皖交界的这个山旮旯里，初中没毕业，就回厂接了父亲的班，分到机修车间开叉车。父亲在喷漆车间工作了半辈子，退休之前就干不动了，退下来不久就因肺癌去世。家里剩下他和母亲，还有一个患小儿麻痹症的小妹。

齐光禄先是开叉车搬运钢材的时候挤断了一条腿，虽然治疗得差不多了，但是走快了还能看出来跛脚。后来又遇到企业军转民，很快他就下了岗，成了一名待业青年。当时政府为了维护社会稳定，给待业青年开了口子，鼓励他们自谋职业，并且在税收、经营场所等方面给予照顾。他就在县城一处居民区的小蔬菜市场里摆了个猪肉摊子。

猪肉摊子离牛大坠子住的地方也不远，隔半条街，按理说他跟坠子沾不上边儿。坠子开饭店当经理，家里吃的用的根本用不着自己买。可是事有凑巧，有一次坠子下班回家早，在菜市场下了车。他看见齐光禄卖肉的时候，把半扇猪吊在横梁上，谁来买肉他就拿刀过去砍一块，不是多了就是少了，而且肉切下来卖相很难看。坠子一时技痒，快步过去，把猪肉从梁上卸下来横在案子上，横着剁四刀，竖着剁了两刀，整整齐齐一十五块猪肉码在案子上，煞是好看。

他把刀递给齐光禄说，要想卖好肉，先去换把好刀来！

齐光禄看得傻了，半天才缓过劲来，连忙递上烟，忙不迭地喊师傅。坠子把烟叼在嘴角，示意齐光禄点上，舒舒服服地吐了一口烟。齐光禄说，师傅……坠子也不答话，哼着小曲走了。

旁边的人告诉齐光禄说，你今天算是走鸿运了。这个人你不知道是谁吧？他就是牛大坠子啊！

从此，每次看见坠子回来，齐光禄离老远就打招呼，俩人慢慢熟络起来。女儿光荣结婚的时候，坠子也请了齐光禄去喝喜酒。齐光禄手也不小，封了一百块钱，还添了一床当时算是奢侈品的鸭绒被子。

那天牛光荣被摔到地上，齐光禄就站在旁边。光荣这一下摔得真是不轻，当时就昏迷不醒，躺在地上动都没动一下。后来大家七手八脚把她抬起来，赶紧往医院送。肚子里的孩子没保住，光荣也昏睡了四十多天。光荣的婆家在她入院的时候交了两千块钱押金，后来再也不露面了。牛大坠子去找他们理论，婆家说，他们俩又没登记结婚，这婚姻不受法律保护。人是你们家的人，我们又没动她一指头，凭什么该我们管？

坠子气得回家喝了一斤二锅头，跳起脚在屋子里大骂，可是于事无补，毕竟他没能力拿住人家。让他万万没想到的是，这才是他倒霉的开始，要不怎么说祸不单行呢！饭店五年的承包期到了，他要跟商管委续签合同。商管委的头儿说，你来得正好，省得我们跑冤枉路了。赶紧交钥匙吧，这宾馆我们已经包给别人了！坠子一听如被雷击，站在门口跟人家嚷嚷道，金豫宾馆的门楼子没塌下来，到现在还这么红火，都是我牛大坠子一铲子一铲子炒出来的！你们把我一脚踢开，这不是卸磨杀驴吗？还讲不讲理？头儿说，我们不能讲理，只能讲法！现在是法制社会——简直跟光荣婆家一个口气——他急得跳脚撒泼，指着头儿说，我一把火把宾馆给你们点了，看你们还跟我讲法不讲！头儿根本没搭理他，从兜里摸出一个打火机，扔给他。看他没动静，又摸出一个，扔给他扭头走了。

一整天，他眼里心里净是打火机。晚上回来又灌了一斤二锅头，哭着骂道，这是什么鬼世道儿？对你们不利的事儿，你们就跟我讲理。对你们有利的事儿，你们就跟我讲法啊！

骂归骂，现实还要面对，末了还得乖乖听话。钥匙交了，车子也交了。当天晚上，他把齐光禄喊过来，两个人一人一瓶“汝水白干”对着吹，七十三度，一点水都没掺。喝到七八成熟，他从桌子底下拽出一个红木匣子。打开来看，里面是一个明黄色布包，搭眼一看就知道不是凡常人家的用品。坠子把黄布包小心翼翼地取出来摆在桌子上，轻轻打开。齐光禄只见寒光一闪，一阵凉风穿心而过，那把刀便顺在坠子手里。坠子放在眼前看了半天，双手捧着递给齐光禄。齐光禄接过来细细地看了，暗暗叫绝，真是一把好刀！青脊白肚，背厚刃薄，像一条鳞光闪闪的青鱼。在刀柄与刀身的接合处，刻着两行非常不起眼的小字：六。大日本明治二十七年。

6

那天我们去天中镇并没有遇到什么麻烦。为了防止意外，开始我们没到镇子里去，而是沿着河堤，一直走到与县城对面的码头上。镇上的书记镇长已经接到通知，带着一干人在河堤上列队迎接我们。简单寒暄几句，我们顺着河堤上的一条小路往下走。我从来没这么近距离地走近过这条河，来到河边我才发现，从这边看县城，简直是近在咫尺，好像伸手就可以碰到对岸的柳叶。

河边是一个来往摆渡用的小码头。离码头不远，几个船工模样的人围着一个用砖头水泥垒起来的小桌喝茶。看见我们过来，他们只拿眼睛斜楞着，没有一个人站起来。我回头问镇上的书记："在这里干几年了？"书记说："过来快半年了。"——怪不得老百姓都不认识他——他说着看了一下赵伟中，迟疑了一下，又补充说："谁在这个镇子上干，也不会超过两年。"我问："为什么？"书记笑了一下，说："地球人都知道为什么。赵县长，很快您就知道为什么了。"

听他那语气，我心里咯噔一下，莫非又是因为齐光禄？

看完现场，我们正准备往回走，刘师傅问那几个人："坠子他老婆现在干吗呢？"其中一个面皮青黑的中年人说："不还是该干吗干吗！"又反问道，"你认识坠子他老婆啊？"刘师傅走过去，给他们每人散了一根烟，说："不认识牛大坠子的老婆，不是在这里白混了吗？"一群人听罢此言，你看看我，我看看你。我觉得似乎刘师傅这话说得不是很合适，空气有点紧张。有个人问刘师傅："你们是政府的吧？"刘师傅未置可否。那人又道："别看了，赶紧回去吧！我还没结婚，你们就在这儿看来看去。现在我儿子都结婚了，你们连一块砖头都没埋下。"刘师傅跟他玩笑道："吸人家的嘴短！你再乱说我让你赔我烟！"大伙儿一阵哄堂大笑。我感觉到现场情绪明显松动了很多。

晚上，我们在镇政府吃饭。赵伟中特别安排不在外面吃，就在他们的机关小食堂里吃。饭菜很有特色，都是当地土里刨的、河里捞的特产。开始大家都还很拘谨，按套路敬酒。酒过三巡，我站了起来，先用茶杯倒了一杯酒，准备一口干了。赵伟中见状赶紧夺过去，说："赵县长，您这是办我的难堪！下面这酒要怎么喝，您只管吩咐就是了！"

我说："我吩咐算吗？算了，我还是喝了吧！不然我这个挂职副县长，说什么都没人听！"我话音刚落地，赵伟中仰脖子把一茶杯酒喝了。书记镇长也赶忙站起来，学他的样子，一人喝了一茶杯。三个人都拿眼看着我，也不说话。我拿过杯子，往里倒了三分之一，说："这是我这一辈子第一次喝这么多，我相信也是最后一次喝这么多。不管我在这里，还是离开，我仅仅是女作家赵芫，而不是一个副县长或者其他什么。如果你们觉得我还像那么回事儿，今天咱们就放开喝酒，放开说话。我希望好好听听你们天中镇，听听牛大坠子，听听齐光禄和牛光荣！”

“好好好！”他们一边说一边每人又倒了一杯喝下去。谁知几杯酒下肚，话便多得控制不住，七嘴八舌地胡乱插话，一会儿就搅和成了一锅粥。我的头也晕得像坐海轮，昏头胀脑地坐在那里，到末了也没听明白他们说的什么。

7

坠子被解职之后，在家呆了有半年多时间，一直到光荣从医院出来。光荣说是痊愈了，其实只是保住了一条命，根本没有得到很好的治疗。刚回来那一段时间，跟个傻子差不多，既认不清人，也说不成话。养了一段时间，虽然有了很大改善，但跟正常人还是不一样，口齿不清，还经常不自觉地流口水。自己坐在那里，总是忍不住笑。问她以前的事情，婚礼之前一直到闹洞房她都记得清清楚楚。可是自那之后，包括现在的很多事情，她有的能记得，有的一点都记不得。不过，从外表看起来她还跟个正常人差不多，依然那么漂亮，而且家里的活计一点儿都不少干。

坠子新娶的老婆经过这两件事，倒也安分平和了不少，对待光荣也不似过去那般刻薄了，有时候看见光荣忙不过来或者有什么不方便，她也主动上前帮忙。仔细说来，过去俩人掐架也不光是后妈的责任，按她自己的说法，她有追求幸福的权利。这话也不无道理，平心而论，她只是跟追求自己的男人结婚，何罪之有？

饭店开不成了，坠子老婆在家休息了一段时间，又捡起了自己的老本行，帮人家推销报纸杂志办公用品，每个月都有进项贴补家用。倒是坠子干了这几年经理，心大了，野了，手也软了，再也捏不住刀把勺子柄了。光荣出院后，他就开始跟着开饭店时结交的一个大老板跑业务。据说这个大老板很有后台，在北京凯宾斯基饭店包了一层楼，全国各地都有分公司。谁也说不清楚坠子到底跑的是什么，但见他每天进进出出，西装革履，拎着一个黑亮的大提包，忙得连喘气的工夫都没有。那时候物资短缺，而且每个机关单位都要办企业，所以皮包公司满天飞。江湖上都传说他根子硬，门路广，见过大世面，按当地的话说“是吃过大盘荆芥的人”。而他也从不隐讳自己的能耐，手里不是有一百吨钢材，就是有海关处理的走私电视机——“都是人家小日本国内生产的，塑料纸都没揭掉。”他对追在屁股后面的人说。生意做没做成没人说得清楚，反正看他的身材，肯定是每天都落个肚儿圆，还常常车接车送，前呼后拥，煞是风光。

后来，各地政府都有了招商引资任务，他按照大老板的安排，摇身一变成了外商投资的代理人。大项目多得没办法，眼睁睁看着他把皮包磨坏了好几个。皮包里除了合同、委托书，还有他跟各地领导的合影。最高级别的领导是某省的副省长，据说这个副省长的父亲是黄埔军校四期的高才生，和林彪刘志丹他们同是老三连的同学。“我们都是名门之后啊！”他拉着副省长的手这样说的时候，眼圈有点湿润，但也不全是装出来的，“要是你在沿海当省长分管招商引资，我可以帮你办成一件大事。遗憾！真是遗憾！”他一边摇着头，一边从提包里掏出一沓子花花绿绿的文件，是旅欧黄埔同学会的投资委托书。“他们想搞一个海水淡化项目，建成之后可以从根本上解决华北地区的缺水问题。可惜咱们这里是内陆，不靠海，我也帮不了您这个大忙！”

坊间关于坠子类似的传说很多。还有人造谣说，坠子事先知道副省长接见后，专门查阅了副省长的出身，然后自己去打印了这份委托书。但是，这样的说法明显缺乏其他证据支持，不足采信。况且还有那么大一个后台，一个副省长算什么呢？

全国各地招商引资的虚热症冷下去之后，坠子的门庭也冷落了一段时间。后来大老板又为他开辟了新的生财之道，但是已经不面对政府，而是面对企业和个人了——不是承包了一段高速公路，就是发现了一个稀土矿，现在只缺前期启动资金了。有一次，他喝得醉醺醺的，来找睡在肉铺子里的齐光禄。他坐在齐光禄的床头，从提包里掏出一沓子夹杂各种文字的复印材料，说是一份非常非常重要的合同。他的大老板，全家已经移民加拿大了，记念着与坠子的老交情，专门从国外回来找他，想帮助他先富起来。大老板与美国波音公司签订了五百套生产机舱门的供货协议，现在就差三万元启动资金了。坠子想让齐光禄“帮忙垫一脚，先登上去再说”。

“不管是机舱门还是机枪门，看在你过去看得起我的份上，这只三万块钱的脚，我先给你垫上。”齐光禄披衣坐在床上，上半身靠着墙，肋骨一根根地起伏着。他说：“可是，你拿什么担保呢？”

“光荣嘛！”坠子知道齐光禄痒在什么地方，他眼里燃着一把贼亮的火，眼珠油汪汪地转动着，“我拿光荣担保可以吧？”

齐光禄一脚把被子、合同和提包蹬到地上，跳下床来，一只手提着快滑脱的大裤衩子，一只手点着牛大坠子说：“你们家就光荣还值点钱！”

8

县城通往天中镇的新大桥开工并没有依惯例举行典礼，施工队悄悄进入了工地。县政府专门成立了一个“大桥建设指挥部”，我任指挥长，县公安局一名分管治安的副局长任副指挥长。后来我才弄明白，这样安排是为了好临时调动警力应付突发事件。用“突发事件”这个词语，听起来怪人的，其实就是指群众上访、围堵县领导、阻挠施工什么的。

在县政府常务会议上，当讨论到我这个项目时，除了主持会议的县长讲了几句话，其他没一个人发言。按理说这是一个重点项目，既关乎到群众的切身利益，又有非常大的投资，应该由一个有实权的副县长当指挥长。可是在会上，没一个副县长主动揽这个活儿。县长问，这个项目怎么办？怎么办？大家的目光唰一下都打在我身上，好像这个项目是我认领的一个孤儿，就该我负责。我看了一圈没人表态，便说，这个指挥长我来担任！好好好！一圈人用侥幸的、因为卸下担子而松了一口气的态度看着我。

会议结束后，我刚回到自己的办公室坐下，副主任赵伟中就跟着过来了。我问他："天中镇的事情到底有多大麻烦，大家都这么回避它？"他说："多大麻烦啊，都是吓怕了！赵县，别看您平时不吭气，关键时候真能拿出来！不过，"他拉了一把凳子坐到我对面，"您来干这个事情，未必是坏事。其一，您是女同志，人家老百姓也不会真去为难您。这里虽然民风彪悍，但是不跟女同志较劲儿。其二，您是下来挂职的，能干则干，不能干则走，谁能怎么着您啊？其三，最危险的地方，其实最安全……""好了！我脑子里哪会有这么多弯儿？我问的不是这个，我问的是，这个天中镇，还有这个齐光禄什么的，到底有多大问题在里面？"

“我跟您说说有多大问题吧！”他拿起我面前的记事簿，用笔在上面画拉着，“我光说结果吧，您看看麻不麻烦？因为这件事，撤了公安局的局长、政委，一名派出所所长被‘双开’后，又被当事人砍死了！两名警察被免职，一直挂到现在，还没给人家个说法。这还不算，还有呢！县政府先后有五位分管信访的副县长受到了行政处分。到现在为止，这个案件还是国家信访局专门督办的重点案件。”

“这案件跟副县长有什么关系？”我问他。

“您来这么久了，这个您应该知道啊！”他对我问这个问题非常吃惊，“您没看，分管安全和信访的副县长都是一年一轮换。谁管这项工作的时候，只要下面出了问题，分管领导都要负连带责任，跟着受处理。比如吧，前年，安徽省的一辆客车和湖北省的一辆货车在咱们县境内撞上了，死了十几个人。您说这事儿跟咱们县有什么关系啊，到末了，不是还要处理咱们的县领导？郑副县长背了个处分。对了，那天天中镇的书记说，没有一个书记在这个镇干足过两年，也是这个道理——害怕群众上访，受牵连！”

我好像有点明白，但也不是真正的明白。

下午，我既没带赵伟中，也没带秘书，让刘师傅开车去了工地。到了工地上才发现，那里秩序非常正常。工人们正在整理场地，搭建帐篷，各种机械设备也正在忙碌着。几个船工还在那儿喝茶，看见刘师傅过来，他们老远就打招呼，喊着政府政府，过来喝碗茶！

没等刘师傅搭腔，我径直快步走过去。到了他们跟前，便像背书似的主动自我介绍说，我叫赵芫，是个作家，其实也就是个讲故事的。省里把我下派到这个县挂职当副县长。现在我又有了一个新职务，是建设咱们这个大桥的指挥长。今后我要经常来这里。不过我也是边学边干，有什么不懂的地方，希望大家多指点！

我双手合十，向他们鞠了一躬。

他们几个一下愣了，呆呆地看着我，忽然都站了起来。一个老者说："赵县长，坐坐坐！您的事儿我们都听说了，这座桥就是您跑下来的！修桥铺路可是积德行善的事儿，咱们老百姓什么时候都不会忘了您！"

我坐了下来，这才发现两条腿都是哆嗦的。其实从下车的那一刻起，心里就紧张得要命，害怕遇到"突发事件"。这么一段时间以来，周围人营造的紧张气氛紧紧地压迫着我。刚才的镇定都是装出来的，现在更是感觉到虚脱得厉害。我让他们都坐下，转身跟刘师傅要了一盒烟，一边在心里数着一二三四让自己平静下来，一边控制着发抖的手把烟盒打开给他们分烟。其实我发现他们比我还紧张，也许不是紧张，是过分吃惊吧。看着我递给他们的烟，他们把手心手背在衣服上反复擦了好几遍，才伸着粗糙的双手接烟，并用羊一样潮湿而温良的眼睛歉疚地看着我。那时候，我觉得自己分裂成为两个人，一个忧虑万端地坐在他们中间，像一个被缚的飞蛾，在投入与逃脱之间痛苦地挣扎；一个脱身而出，站在我身边——不仅仅站在河边，而且是站在心灵的深处——静静地打量着我。说不上来什么原因，我有一种越来越委屈，也越来越别扭的感觉，真想痛痛快快地放声大哭一场。

9

牛大坠子红火的时候，尽管牛光荣落个那样的结局，齐光禄也没敢打过她的主意。在这个县城里，毕竟他只是个做小生意的外地人，手里没几个钱，背后也没什么人，而且还有残疾。坠子家道中落以后，他托了一个人让他说合说合他和光荣的事，这人先是找到坠子，坠子倒是一点都没犹豫，二话没说就点头同意了。可是给光荣说的时候，她只是摇头，也不吭气，一副决然的样子。

现在，她同不同意，已经无关大局了。只要坠子同意，只要坠子接了他的钱，什么事儿都得他齐光禄说了算。齐光禄恨恨地想。

要说他的恨也没有来由，不管他对牛大坠子怎么样，人家牛光荣也不欠他什么。况且这婚姻大事本来就是你情我愿，无论如何也勉强不得。可他不这样认为，他觉得牛光荣压根儿就看不起他。他把钱给了坠子没几天，就去找牛光荣。牛光荣见他进来，转身进里屋把门反锁了，把他撇在客厅里，走也不是，留也不是。牛光荣的弟弟坐在一个角落里抄写着什么，扭头看看他，连个招呼都没打。这孩子已经长成大人了，一点礼貌都没有。他站了一会儿，觉得没趣极了，摔上门就出来了。

妈的！我有残疾，你不也有残疾嘛！还跟我穷装什么大头蒜呢！他站在楼下，看着楼上，羞愤交加。

又过了几天，他趁坠子在家，买了三张戏票交给坠子，是省坠子戏剧团的拿手戏《双玉簪》。坠子知道他的意思，晚上好说歹说把老婆儿子拉出去海吃了一顿，然后带着他们去看戏，撇下光荣在家里看家。夜幕降临，家家户户边看新闻边吃晚饭，正是热闹的时候。齐光禄敲开牛光荣的门，这次没给她躲开的机会，像老鹰抓小鸡一样把她按倒在地，然后提溜到光荣的床上，剥光了她的衣服。他翻身压在牛光荣白花花的身上，定睛一看光荣的身子下边，心里不禁一阵发酸。床上的被子还是她结婚时他送的那床鸭绒被。不管对她有多大恼怒，这样欺负她，是有点过头了。但是，他只是迟疑了半秒钟，一种更野的想法霸占了他：如果这时候不做一回男人，他将永远不会是男人了！

很快俩人就成了婚。本来齐光禄想办个婚礼，坠子也同意，但牛光荣死活不同意。最后，两家人在一起不冷不热地吃了顿饭，就算结婚了。

齐光禄婚后没地方去，就住在牛光荣家。日子虽然平淡，过得倒也扎实。光荣在家洗衣做饭，齐光禄天天还是去市场上卖肉。据说这个市场很快就要搬迁了，县里创建文明城市，所有的马路市场要一律取缔。城东边新建的菜市场开张以后，这边的生意明显不行了，有时候两天还卖不完一只猪。齐光禄也正打算搬到新市场去。

有一次他早早收摊回来，看见牛光荣和弟弟一丝不挂地躺在床上。他和光荣，两个人都不意外，也没吃惊，只是互相看了看。他退回到客厅里坐下，招呼他们两人穿好衣服过来。他们过来后，齐光禄平静地说："牛光荣，我知道你忘不了那个男人，也知道你是想方设法报复我。所有这一切，我都一清二楚！但是，如果你还有一点记忆的话，你弟弟也不是你这一段时间找的唯一一个男人。"他递给弟弟一根烟。弟弟看了看他，哆哆嗦嗦接了过去。他打着火给他点上，然后自己点着。"这些，我都可以不管。但是，我跟你撂明白了，为了你爹，也为了你，当然也为了我，希望你老老实实给我生一个儿子。这是我唯一的要求！我们家几代单传，不能到我这里断了香火！否则——"他把烟在桌子上摁灭，手按在烟蒂上一直没松开，直到闻到一股桌布被烧焦的臭味，"你可别说我不君子！我相信你也听说过东北人的脾性，而且还是个曾经造过武器弹药的东北人！"

光荣听了这番话愣住了，盯着齐光禄的脸看了一会儿，眼泪突然流了出来。她已经记不得什么时候曾经哭过了。

这事过了没几天，齐光禄就把肉摊子搬进了新市场。他租了两个店面，签了十年期的合同。他有自己的打算，他不能让未来的儿子再这么穷下去。他要让儿子一生下来就有房子，有脸面。他得扩大经营规模，把生意一步一步做大。

牛光荣主动提出来，自己在家闲着没事，还不如跟着他出来打打下手。齐光禄迟疑了一下，说，把你弟弟也带上吧，这样我们就不用雇人了。

街坊邻居看到光荣的情形一天好似一天，话多了，说得也清楚了，有时候一天下楼好几趟，过去她很少出门。早上吃过饭，他们三个肩扛手提，一起往市场走去。光荣走在中间，齐光禄和弟弟一边一个。三个人边走边说，偶尔说点什么高兴事儿，光荣还会哧哧地笑个不停，肩膀抖得东倒西歪的。

10

那天我与几个船工师傅聊得甚是愉快。在他们的回忆里，沉没在岁月深处的某些东西慢慢显影了。那些影像虽然已经泛黄，模糊得像沉在水底，但已经被赋予了生命，在我心里慢慢鲜活起来。

他们嘴里的牛大坠子，是一个难得的好人。“像他这么好的富人已经绝种了，真是绝种了！”刚才跟我说话的那个老者摇着头对我说。我很吃惊，一般像他这样年龄的人，说话应该不会这么凌厉了，“只要他有一口饭吃，就不会让我们饿肚子。他自己宁愿啃窝头，也得让乡亲吃饱。他家天天跟过年一样，都是咱镇里的人。有一次我孩子患绞肠痧，疼得受不了，半夜去找他，他披着衣服就领着我往医院跑，所有花费没让我掏一分。”

还有一个船工回忆了另外一件事，那时候坠子还没当老总，他为孩子分配的事情去找他。女儿大学毕业，想留在县城教书，托不到合适的人，最后找到了坠子。坠子说，你谁也别找了，就在家等信吧！不久女儿分到了县直二中。“后来听他们说，最少得花一个数，”他在我面前晃动着伸不直的食指，“您想想，那时候一个数值现在多少？我就是把全身零件都拆下卖完，也不值这个数！所以现在每到清明，我先去给他烧炷香，再去祭拜父母。人不能忘恩！”

有人对齐光禄的评价很有意思，“是个汉子，就是太拗，他认准的事儿，你就别想扳过来。不过，咱得承认出手太重了！把人撂倒正好，仇也报了，气也消了，两不找，您看多合适是不是？! 这个倔种，何必再砍那么多刀？明明是咱们有理的事儿，这几十刀下去，让人家看起来好像咱们就是杀人不眨眼。你这样，人家判的时候，咱们就吃大亏了不是？”——话说得好像跟齐光禄是同案犯似的。

有人附和道：“赵县长，您得评评这理儿。虽然国家大法说杀人抵命，但也得考虑齐家的情况不是？齐家单传，没有个后代，把他枪毙了不是让人家齐家断后吗？”

我们第一次来见到的那个黑青脸汉子不同意他们的看法：“那个派出所所长，他干的就不是人事儿！光荣那闺女，见人不笑不说话，他说毁就给毁了，咱三千多口天中镇人会答应不？都剁碎了也不解恨！”

趁他去旁边提开水瓶，有人小声提醒我说，他儿子因为赌博，被抓进去过好几次。

我想引导他们回忆一下，牛光荣没进城的时候在老家是什么样子。我总觉得在这些人的陈述里，她的形象是那么稀薄，像个符号，连喜怒哀乐都那么不真实。

他们只是说这个闺女好，真是太好了，但是连一件具体事也说不上来。她不大跟别的孩子玩儿，在学校也没听说成绩有多好。“她娘很厉害，除了上学，就不让孩子出门。打孩子手也狠，有时候满街筒子撵着打她。平时这孩子看见人就躲老远。”

我想想，他们刚说了牛光荣见人不笑不说话，怎么又这样躲着人？忍不住想提醒他们，后来看大家都没在意，就算了。已经过去那么多年了，有些细节哪能记那么准？不过我又非常纠结，整个事件不都是靠细节串联起来的吗？

“光荣这个弟弟是个好样的，跟光荣比亲弟弟都亲！”一个船工说，“光荣她两口子出事之后，她弟弟带着母亲回咱们镇上就住下不走了。他在十字街口当街跪下，说，从今往后，我生是天中的人，死是天中的鬼！要是不给姐姐姐夫报仇，大家就把我当成个畜生踩成肉泥，扔河里喂鳖！就这一点，我看比坠子还有血性！人家一个七不沾八不连的外人都这样对待坠子一家人，您说我们不跟着他们去讨个说法，还是天中的人吗？”

我想象着那个情景，在蒙蒙细雨里，一个单薄而苍白的少年跪在十字街头，紧握双拳，心里默念着为亲人复仇。简直就是美国西部片里的一个经典桥段。

他们几乎异口同声地说，老百姓之所以闹事，是政府处理这个事件太没道理。不公平，也不能服众。当初公安抓牛光荣，逼迫她要么承认齐光禄强奸她，要么承认自己卖淫，必须二选一。最后光荣忍辱承认自己是卖淫，被劳教了小半年。这边光荣才出来，那边齐光禄又被抓进去了。他们怎么能出尔反尔？听说那个公安局局长，跟齐光禄杀的所长是老朋友，这不明显是报复老百姓吗？光荣除了以死相拼，还有什么活路？我们不去跟着上访，把这老理儿给捋直了，拿什么报答人家坠子？

11

齐光禄他们的店面位置并不是很好，处于菜市场中间部位。新建的市场横穿半个城区，从东到西走一趟差不多要半个小时，所以除了闲得没事干的人，很少有买菜的到中间这个位置来。好在齐光禄有这么多年的销售经验，知道薄利多销，酒香不怕巷子深的道理，卖出的猪肉质量高，价钱也公道，生意还能勉强维持下去。而他旁边的商户，有的关门，有的则改成加工作坊了。

后来发生的一件事既改变了他的生意，也改变了他的人生。县政府基于创建卫生城市的需要，决定对老城棚户区进行改造，这样就需要开出一条新路纵穿市场。齐光禄的店面正好位于新路旁边，临着两条大街，从鸡肋变成了寸土寸金的黄金地段。

果然，道路打通以后，他们的生意好得不得了。牛大坠子听说之后，还带着光荣的后妈专门来看了一趟。

坠子背着手，边看边点头，他看见肉案上是一把普通刀，问齐光禄："怎么用这么小的刀！我给你的那把大刀呢？"齐光禄说："大猪用大刀，小猪用小刀。现在还没碰见那么大的猪。"坠子哈哈笑了，说，操练操练，我看你手段如何？齐光禄扛过来半扇猪，平摊在案子上，横着四刀，竖着两刀，一十五块猪肉码在案子上甚是齐整。"好！"坠子左右挥着肉乎乎的大手，"今后啊，你们以这个为根据地，可以搞几家连锁店。一旦成气候了，咱就建设自己的肉联厂、养猪场、冷冻厂，至于投资嘛……"后妈打断他的话，说，这么好的位置光卖猪肉真是太可惜了，建议他们增加牛羊肉，再搞深加工，做一些熟食、腊制品和肉馅之类的产品，也可以附带卖一些煮肉的大料、调味品之类，这样人家来的时候就不止买一样东西。既方便了顾客，也扩大了经营。

坠子说，就是！我就是这个意思嘛！

于是他们又雇了两个人，专门负责进货和加工熟食制品。齐光禄和弟弟在店内各负责一头。光荣负责收银，打理铺面。两间小店收拾得干干净净，温温馨馨，很有居家的感觉。光荣把生、熟、腊制品分成一个个大格子，像公用电话隔间那样隔开，一来看着好看，二来也方便顾客拣选，互不影响。两间房子的接合处是一根支撑梁，光荣让弟弟靠着梁柱摆了一个小茶几，两边摆了几把小凳子。茶几上摆着应时的茶饮，夏天是甘草二花，清凉解暑，冬天是枸杞黄芪，补气去浊。街坊邻居的大叔大婶买了菜，可以坐下来歇歇腿脚，聊会儿天。还有些耐不住寂寞的老人，专门到这里来找人摆龙门阵，一坐就是大半天。外人看起来这里一天到晚都是热热闹闹的。这里还是保姆们接头的地方，一说到哪里碰头，便说十字街肉店。有的保姆想办点私事，也会把孩子托付给光荣。

光荣已经基本痊愈了，这一两年的时间里，她的病没再复发过。说话没障碍了，现在还喜欢上了唱歌。柜台里摆着一个小音响，一天到晚播放着流行歌曲。有什么新歌，那些保姆们会主动给她送过来。顾客少的时候，她们还会叽叽喳喳跟着唱一阵子。有一次，一家企业为了宣传自己的产品，在老体育场搞了一次卡拉 OK 大赛。光荣在弟弟的撺掇下，斗胆上去唱了一出。虽然没有获奖，还是让她兴奋了好长一段时间。

那天傍晚，他们正准备收拾东西打烊，一个戴金丝边眼镜的白面书生走了过来。他一脚门里一脚门外就开始问:“谁是当家的？”齐光禄赶紧迎上去让座,递烟倒茶。那人先低头看了看凳子，然后又上上下下把齐光禄看了个遍，并没坐下来。他从兜里掏出一张名片递给齐光禄，哑着嗓子低声说：“小事儿，站着就说完了——这是我的名片。”齐光禄接过来看了，是县天宇电脑公司的经理，叫张鹤天。齐光禄一脸迷茫地看着张经理，他们的生意跟电脑怎么都扯不上关系。张经理见他诧异，用中指推了推鼻梁上的眼镜，还是压低声音不紧不慢地说：“是这样的，电脑生意我做烦了，想改一下行。看你这里生意不错，你开个价，我想把这个铺子盘下来。”

齐光禄的迷茫变成了惊愕，他张着嘴半天合不上，扭头看了一下光荣和弟弟。他们两人还在埋头收拾柜台里的东西，没听见他们在说什么。他又扭头看了一下大街上。街上车水马龙，市声喧嚣，丝毫没受他们谈话的影响。齐光禄下意识地咽了一口唾沫，说：“我可是签了十年的合同……”白面书生没等他说完，提高声音说：“合同是人签的，人也可以废！这事儿就这样吧，我还有事！一星期后我来接房子！”说罢扬长而去。

后面这句话光荣和弟弟听到了，他们停下手里的活儿，疑惑地看着齐光禄，不知道刚才发生了什么。

12

天中县的县域图看起来非常有意思，像个顽皮的孩子，细长的身子弯曲着，头扎在淮河里，顶着安徽。脚踩着大别山，蹬着湖北。屁股坐在平原上，拱着河南。不过，可不能小看她怀抱着的三条大河，条条都有说不完的故事，开国将军有一小半都是从这里水杀出去的——这里是著名的鄂豫皖红色根据地。过去属于古中原的版图，人民一直到现在还保守着远古先民的遗风，性情彪悍，宁折不弯，认准的道儿一直走到黑，到死都不会改辙。据说周围几个县的暴力犯罪案件，按人口比例算，在全国都是最高的。这里的人性情暴烈，风景却是非常柔美，天蓝水清，一年至少有三百六十六天空气质量可以达到优良。

头天晚上学弟给我打电话，说要过来看看项目进展情况。我说，看项目是假，看风景是真吧？他笑了。我又说，不管别的项目是真是假，你姐可是从来不含糊的。然后，我问他过来之后怎么安排。他说："公事公办，私事私办。我这一条小命喝醉之前交给党，喝醉之后交给我姐你。既然你说看风景，那我也不能枉担这个罪名。"

听说他过来了，书记县长都放下所有的工作陪他。虽然学弟职务不高，只是一个小小的副处长，但他是具体负责项目的，所以下面的人都很抬举。

说是看项目，其实大家都明白是怎么回事。基层对上面检查都有一套应对的程序，也知道所有的检查都是准备的时间长，看的时间短，只要把面子活儿做好看就行了。这个项目我专门安排赵伟中不能搞形式，是什么样就什么样。可书记县长知道后，连夜让办公室发了通知，要求提前把工地整理好，插上彩旗标语，看起来要热火朝天。

学弟过来后，我们一群人浩浩荡荡地从县城这边上了河堤，看了不到十分钟就下来了。学弟很满意。书记县长用赞许的眼光看着我，松了一口气。这么大一个工程，他们俩都是第一次来现场。

中午四大班子一把手全部出动宴请学弟。他喝了不少酒，但是看起来还很清醒。程序走完，时间也差不多了。他开始踩刹车，说，今天的公事到此为止，剩下的时间由我姐安排，你们都不要管了！

下午我安排学弟上大别山喝茶。那里远离尘嚣，是个说话休息的好地方，也知道他疲累的身心需要充充电。

出了县城往南不远便是山区，我只带了秘书和司机，没让赵伟中跟着，主要是顾忌他的小聪明会让学弟嘲笑。学弟也只带了一个司机，路上他坐我的车，让司机在后面跟着。走到山脚下，发现还有一辆车等着我们。学弟说，站在车旁的人是在邻县挂职当副县长的一个校友，叫周友邦。我想起来了，刚下来挂职的时候，曾经与他通过几次电话，但是没见过面。

上得山来，心情大好。大别山绝对是一个天然氧吧，周围几个县解放前穷，解放后还穷，都是国家级贫困县。县里没什么工业，所以也没有污染。这些年山上种茶，老百姓刚刚过上了好日子。县政府在山上建了一座宾馆，条件达到四星级，专门用来接待上面的领导。

坐在山顶茶室，举目四望，可以看到鄂豫皖三个省的地界。斜阳夕照，山下红顶白墙的农舍历历在目，一时间似有恍若隔世之感。我们喝茶聊天，信马由缰。在省城的时候我就很喜欢这个学弟，他知分寸，懂进退，敏感和聪慧好像是与生俱来的，不管大小场合都能应付得滴水不漏，而且从来不让人感觉到不舒服。他有时世故得令人不可思议，据说有一次他们单位搞年终测评，一百八十多号人，有他一张反对票。他硬是用了半年多时间，把这个人筛出来，俩人后来成为朋友。然而他又很善良，对下面跑项目的人不但从来不刁难，而且想尽办法帮人家把事弄成。但他也相当圆滑，有一个县的书记好大喜功，给了他几个项目，都做得不伦不类。后来他再来要项目，学弟把项目库的大门关得严丝合缝，一个都不给。不过，每次他走的时候，学弟总是亲自下楼把他送到车上，握着手不松开。书记说，处长，你只要一握我的手，我就知道这事儿又黄了。今年你已经跟我握八次手了，我连项目毛都没看见！

学弟在车旁点头赔不是，说，下次再说！下次再说！

喝茶的时候，我和周友邦一屉一斗地抖搂他这些糗事。他只是抿着嘴笑，并不答言。后来说着说着，我不自觉地扯到了牛大坠子一家人身上。

我的故事还没怎么开始，周友邦就说："你说的这个事情我也知道，据说那一家人很不好惹。到现在你们县屁股还没擦干净，每次市里开信访稳定会，总是点名批评你们。""这家人不好惹？"我有些诧异，在县里，还从来没人这样说过，"怎么个不好惹法？""据说这家人，父亲是个骗子，还是当地一霸。听说有一次差点把县政府的宾馆给点了。女儿女婿谁也不管谁，都在外面瞎胡混。只是可惜了被杀的那个派出所所长，死得有点太冤枉了！”

不知道这是我听说的第几个版本了，但我认为是最不靠谱的一个。我问他是从哪里听来的。他说：“我们县有好几个干部，是这个派出所所长的同学，对他的评价都相当高。每当他的忌日，他们都去看望他父母和留下的一个女儿。对了，你们县当时处理的那个公安局局长，就是从我们县调过去的。他也是个人才，可惜了！”

“你这是道听途说，不了解真实的案情。”我满有把握地说。其实说完就知道自己用词不当，难道我的信息不也是道听途说？我说：“你真不知道这一家人有多可怜！”

“那是！那是！”周友邦摇晃着杯子，看着杯中的茶叶在水中翻滚，“听来的东西毕竟不可靠，何况是很多年前的事情了。”

“姐啊，”学弟插话道，“你是一个小说家，而且过去的作品也都喜欢同情弱者，总认为弱者必对，强者必错。难道你忘了‘可怜之人必有可恨之处’这句老话吗？你弟我——”他点着茶几，笑着看着我，“对下面的人来说是个爷，对上面的人来说是个孙子。你说我是强者还是弱者，该同情还是该批判啊？”

“也不是同情谁，”嘴里虽然犟着，心里还是有点虚，最近有几个评论家确实指出我这个缺点，“总要有人替他们说话吧？”

“这是两码事。就像我们上山喝茶，我们是奔着茶叶来的，可是喝到最后，把茶叶都扔掉了，因为茶叶不过是一个形式。我觉得——当然了，我这是顺嘴胡说，你别介意啊姐——一个小说家要有穿越情绪的能力，要找到苦涩背后真正的味道。是不是，姐？”

13

在中国的社会结构中，县城是一个非常独立的单元。往下说，乡镇的人少而稀疏，很难形成一个共同的生活群体；往上说，省市的人多而分散，串联在一起也很难。唯独县城不一样，县城的人上下层层叠叠，左右盘根错节，牵一发而动全身。比如办公室副主任赵伟中，他是政协副主席的女婿，他妹子是人大主任的媳妇，妹子的小叔子娶的是组织部长的小姨子……我相信，如果这样深挖下去，估计小半个县城都能拢在一起。

然而，这种盘根错节的关系，总会把一部分人排除在外。这些被排除在外的人，像碎屑一样散落在县城各种各样的罅隙里，成为这个区域灰色色调的一部分。对于这些人而言，县城不管多小，都算是大得无边无际。齐光禄和牛光荣他们的感觉就是如此，他们认识的人很少，认识的事也很少，既没亲戚也没朋友。要说一个卖肉的，并不需要这样的关系，可那是没摊上事，如果摊上事，尤其是摊上大事就很不一样了。

天宇电脑公司的张鹤天来过没几天，又过来一个年轻人。这人戴着黑框眼镜，打一根红得像西瓜瓤一样的领带，看起来像个账房先生。他过来直接点名找齐光禄说话。齐光禄把他让坐在门口的小茶几边，赶紧把烟掏出来让过去。那人接过烟放在茶几上，从包里掏出一沓纸看了看，又放回了包里。他把包放在眼前，两只手交叠着压住，问齐光禄道：“今天什么日子你知道吗？”齐光禄说：“天天睁开眼就是卖肉，哪看过日子？”那人说：“整整一个星期了，张总说的事情你考虑好没有？”齐光禄明白了此人的来意，想了一下说：“没考虑。这店我们不转让。”那人把两只手放在包上，交替着用力地握来握去，干咳了一声，提高了嗓门问道：“真的？”齐光禄笑了笑，眼皮都没抬，自己把烟点着，也没再让他。那人握了一阵子手，点着头说：“转让不转让，估计你说了不算！”“那谁说了算？”齐光禄把烟屁股捏在手里来回转着，吐着烟圈。那人并不答话，把包拿在手里，瞪了齐光禄一眼，出去了。

出了门口，齐光禄听到他低声嘟囔了一句，真不识抬举！齐光禄把吸剩下的烟蒂吐到门口，用脚踩灭，回到店里继续干活。

那人没走多久，房主就找上门来了。平时齐光禄和房主的关系不错，这人过去是开烟酒店的，赚了些钱，买了这几间门面房。他是个老实人，齐光禄有时房租一时不凑手，他从来没催促过。这次过来看见齐光禄，他现出一脸的为难。没待他开口，齐光禄心里已经明白了。齐光禄说：“刘大哥，到底怎么回事？”房主看看周围没人，附在他耳边低声说道：“你知道要这个房子的是谁吗？”“谁？”齐光禄问。“城关派出所所长的小舅子，原来也在公安上干，因为喝酒伤人被开除了。这人百事不成，就是能混。他姐嫁给所长后，他现在成了县城的一霸，没人敢惹……”房主往外扫了一眼，突然恼怒地抬高声音，说：“这事就这样定了！你同意也好，不同意也好，反正月底前我是要用房子！”

齐光禄扭头看去，发现刚才那人在马路对面站着，一只手支在下巴颏上，正盯着他俩看。他一把把房主搡出门外，指着他高声骂道："你别他妈的狗眼看人低！我一没伤你的房子，二不欠你的租金，凭什么说收就收？我跟你说，除非把我们三个劈碎当柴烧了，否则谁也别想从我手里把房子弄走！"

房主又怒气冲冲地跳到屋子里来，从怀里掏出一沓纸，拍到柜台上。光荣和弟弟也连忙从柜台里面跑了出来，站在齐光禄身后。齐光禄看到这沓子纸正是刚才那人拿出来的东西。"你老老实实规规矩矩把这个东西签了，咱们两清！否则，你走着瞧！"房主点着齐光禄的脑袋说。齐光禄低头看那纸上打印着"解除租赁合同书"几个黑体大字。趁齐光禄低头的当儿，房主捏了一下齐光禄的腿，小声说："兄弟，胳膊拧不过大腿，赶紧撤了算了！"齐光禄闻听此言，抓起合同摔在身后剁肉的案板上，拿起切肉刀顺手一刀砍过去。合同牢牢地钉在刀下，立即被案板上的血渗透了，像一道血淋淋的伤口。

随后的一个多月，再也没人来打扰他们。齐光禄觉得事情已经过去了，所以店里又添了几个卤菜新品种，还与一家做"西安白吉馍"的谈妥，在他店铺门口设一个专卖点儿。

出事那天晚上六点多，齐光禄他们正在家里吃饭。下午他们很早就收工了，这天是光荣的生日。齐光禄让弟弟专门去买了几个熟菜，订了个大蛋糕，用大红的盒子装着，还没切开。齐光禄给光荣倒了一杯橘汁，咬开一瓶老酒，跟弟弟俩人一人一茶杯满上。正边说边喝热闹着，忽然听得有人敲门。打开门来，看见四个警察站在门外。打头的一个满脸胡茬儿的警察问："齐光禄牛光荣是住在这里吗？"齐光禄点头说："是。我就是齐光禄。"警察说："你和牛光荣都出来，跟我们到派出所走一趟！"

下　部

14

这些年，牛大坠子的日子说不上好，也说不上不好，反正有吃有喝，也没消停过。两口子各忙各的。坠子的活动区域主要围绕着北京附近，按他大老板的说法，那里是天子脚下，遍地都是钱，就看你会捡不会捡了。坠子老婆的活动区域主要在长江以南，那里中小企业多，老百姓也富庶，产品相对好销得多。俩人逢年过节回来聚聚，也互不打问对方的情况。反正坠子往家拿钱的时候少，往外拿钱的时候多。齐光禄私下里跟光荣弟弟开玩笑说，不知是他骗了人家还是人家骗了他，没见他富过，也没见他穷过。弟弟说，就他那心眼，跑个龙套还差不多。要搁事儿上，人家不把他零卖就算便宜他了！

要说现在的日子确实比以往好多了，也不需要他往家拿钱。齐光禄的店子兴旺，三个孩子意气风发，日子眼看着越来越往高坡上走，坠子心里暗自高兴。等过两年光荣生了孩子，再买一套房子，他就准备和老婆在家看孩子养老了。

不过，与过去拎着提包到处跑的日子比起来，他还是明显看出来老了。说话的嗓门低了，走路也比过去慢了半拍。腿脚不行，往哪个地方一坐，扑通一声，像扔一麻袋粮食。男怕穿靴，女怕戴帽，男人腿脚一不行，那就没几年好日子过了。

他这几年到底在外面干了些什么，光荣从来也没问过。从小到大，她跟父亲之间就没有说过正事。弟弟就更没法问，这个半路杀出来的爹，更多的时候就像个房客。齐光禄本来就是个话寡的人，他觉得现在和坠子谈这些，跟伸手向他要钱差不多，所以也不主动提及。管他干什么？他只要自己高兴就得了。每次回来，齐光禄就知道劝他喝酒。有时候喝大了，坠子会主动说起自己在外面的“工作”：前几年，帮助南边的一个市政府跑核电厂项目。那个地方水多，山也多，就是人少，最适合发展核电；从去年开始，又帮助本地市政府跑一个水库项目。他对齐光禄说，这是他这一辈子最有意义的一件事，也是最靠谱的一件事。齐光禄并不当真，在坠子嘴里，哪一件事不是最靠谱的？他一直说，人这一辈子一定要干一件惊天动地的大事，谁见过？不过，为建水库这个事情，国家水利部还来过一个副司长，在县里住了好几天。坠子前后陪着他，忙得连回家看一眼的工夫都没有。

国庆节坠子回来，爷儿俩又坐在那里碰杯子。齐光禄问起这件事。坠子说，已经基本批下来了，咱们这里是淮河上游，连一座像样的水库都没有，只要周围下大雨，这里就像个“洪水招待所”。现在连国家领导人都意识到这个问题的严重性了，过去咱们这里收留红军，现在收留洪水，这哪儿成？所以国家下决心要修水库了。“先给二十个亿，移民！”坠子把筷子颠倒过来，蘸了点酒在桌子上写了一个“2”，然后数着往后面添“0”。“二十亿！”齐光禄默默念叨着，心都是花的，不知道这二十个亿摞起来该有多高多宽，估计他们这套房子连卫生间算上都装不下。

水库移民没开始，他们家的“移民”却已经迫在眉睫了。那天，坠子收拾好东西正准备离开家，被金豫宾馆一个姓孙的老职工堵在家里。坠子干厨师的时候，这个老职工跟着他打过下手。后来坠子当了经理，让他当采买，还给了顶供应科长的帽子。俩人交情不浅。

坠子把来人让进屋，倒了杯热茶，顺手把软盒中华烟拍在桌子上。来人倒也没客气，烟点上，茶饮上，便开门见山地把张鹤天要租齐光禄门面房的事和盘托出。这是坠子第一次听说，齐光禄没跟他讲过。听完之后，他沉吟了半天，问：“光禄是什么意见？”

来人说：“要是他同意，我还麻烦您干吗？看您天天忙得脚不沾地，我怎么忍心打搅嘛！”

“你的意见呢？”

“牛经理，您啥时候见过茶盅大过茶壶？现在这世道儿，就比谁的腕子粗啊！”来人一口把中华烟吸进去半截，闭着嘴看着坠子，烟柱半天才像瀑布一样喷出来。隔着瀑布，坠子觉得他的目光越来越远，也越来越陌生。

“如果有一点可能，牛经理，我胳膊肘会往外拐吗？”

坠子的眼光落在自己手背上，那上面布满了一块一块黑青色的老年斑。他想起齐光禄红红火火的肉铺，想起他过去的金豫宾馆，眼里心里蓦地塞满了打火机。坠子的眼睛有点热，他忍了忍，仰头说道：“三弟，咱们俩打小就没划过地界儿，我知道你也不会刨我的台根子。但你也清楚我的难处，你看我这一辈子是怎么过来的？年轻的时候对不起爹娘，到了中年对不起老婆闺女。现在我老了。老了老了，除了落个死还能落下什么？所以，我不能再对不起女婿了，否则就没脸披一张人皮在世上混了！你说呢，孙科长？”

15

下了楼，牛光荣才发现下面停了两辆车。她被塞进一辆白色警车，齐光禄被塞进一辆黑色囚车。齐光禄那辆车不知道开哪里去了，她坐的车子直接开到了派出所。两个警察把她弄到一楼的值班室，只进行了简单讯问，便把她带到旁边的一个小房间。进去之后她发现房间里还套着个大铁笼子，她就被锁在铁笼子里了。这是一间囚室。

等眼睛适应了周围的一切，她发现笼子里还有两个人蜷缩在一个角落里，不认真看还以为是两个包裹堆在那儿。那两人把头埋在胳膊窝里，一动不动。光荣并不害怕，也没有多少紧张，只是觉得浑身冷，口也干得厉害。虽然她并不明白发生了什么，但是知道自己和齐光禄并没做过什么违法乱纪的事情，因此心里也就很坦然。她想着肯定是弄错了，等问清楚了很快就会把她放出去。

她靠着铁栏杆坐下来，一会儿便迷迷糊糊睡着了。刚要进入梦乡，一阵的声音又把她弄醒了。她看见那两个人在找东西吃，其中一个从身边脏兮兮的包里掏出两个馒头，递给另外一个。她这才看清楚那是一男一女，年龄都不小了。他们是什么人？捡破烂的盲流？拐卖妇女儿童的骗子？要么是小偷？反正不是好人，要不怎么会在这里面。

那两个人一边吃，一边瞪着她，眼睛里满是不屑和挑衅。那样的眼光让光荣特别受不了。他们为什么这样看我？她心里忽然泛上来一阵酸楚，她想，我在他们眼里是什么人呢？肯定也会觉得我不是好人，好人怎么会关在这里面？

可是，谁有这么大的能力，说你不是好人，你立马就变得不像好人了，这到底是怎么回事？

光荣急出了一身冷汗，想得脑子都疼了。有很多东西在她的脑子里来回翻腾，一切都变得眉目不清了，迷迷糊糊，黏黏糊糊。她发现自己的口水又流了出来，已经很久很久没有这样了。她想向他们解释一下自己目前的处境，发现自己的嘴一点儿都不听使唤。她努力使自己镇定，可是越急越烦躁。她这才明白，自己刚才的不怕都是装出来的。

估计那两个人对她也烦透了，挪动了一下位置，离她更远了。男人站起来，边打嗝边朝角落一只塑料桶里撒尿，丝毫也没顾忌她的存在。虽然都被关在笼子里，但是在他们眼里，她因为势单力薄而更软弱可欺。弱者对弱者的歧视是最张扬的，毫无顾忌。

第二天，派出所里人来人往，没人搭理她。快到吃晚饭的时候，才有一个穿便装的人给她送来一个鸡蛋、一个馒头和一瓶矿泉水。她仔细看看，认出这人是带她来的那个胡子。她饿坏了，也顾不得那么多，从胡子手里拿过东西就吃，谁知只吃了一个鸡蛋，就再也没有胃口了。胃里全是酸水，一打嗝整个鼻腔都是酸的。她不知道齐光禄在哪里，家里现在怎么样了。不知怎么的，她突然想到了爹，这个她从小就可有可无的人，对她来说意味着什么呢？从来没问过一句她怎么样，需要什么。她在外面挨了骂，磕破了脑袋，书包被人夺去，反正不管受了多大委屈，他从来没有安慰过她。现在就更不会管她的事了。

晚上十点多，胡子和另外一个警察进来，给她铐上手铐，把她带到二楼一间灯火通明的办公室。两个人一个坐进沙发椅，脚跷在办公桌上；一个斜靠着桌子，手里夹着一根烟。她不知道他们是什么身份，他们也没介绍自己是谁。

“牛光荣，”说话的时候胡子并没把烟从嘴上拿下来，“你知道我们为什么把你弄这里来吗？”

“不知道。”忍了几忍，牛光荣的口水还是流了出来。

“我们是来替你申冤的，只要你好好配合我们。”烟夹在嘴角，随着胡子一起一伏，好像是他身体的一部分，“你把齐光禄强奸你的事，好好说说！”

牛光荣觉得自己的头一下子大了。强奸？她在稀薄的记忆里，努力打捞着这个词语所包含的内容。那些事情即使残存在她的记忆里，也被她擦抹得差不多了。那个喧嚣的夜晚，她徒劳的挣扎，以及后来一次又一次的背叛，有多少个男人经过她的生活……她是被齐光禄的哪句话打动的？对了，孩子！他认真地告诉她说，他只想要个孩子！她更想要，这是她的病，也是她的药。她的孩子，曾经在肚子里孕育过的孩子，怎么说没有就没有了？她伤心得死去活来，可是再也没有了。现在，有一个男人要跟她一起生个孩子，这个想法让她感动得一塌糊涂。

“到底有没有这回事？”

“有，但是……”口水汹涌地流出来，她语不成句。

“你必须向我们说清楚，齐光禄是不是对你实施了强奸？”

“不，不是！”

“那好！”坐在办公桌后面的那个人突然站了起来，十指按在桌子上，“牛光荣，我再问你另外一件事，你坦白交代，你与多少男人发生了性关系？”

“……”

“牛光荣，对你和齐光禄的犯罪行为，我们已经掌握了足够的证据。事实是清楚的，证据也是确实充分的。你既不要抵赖，也不要试图蒙混过关。”那个人慢慢地逼近她，从他嘴里冒出的混合着酒精、烟草和其他说不出来的怪味道喷在她脸上，“现在摆在你面前的只有两条出路：要想保住你自己，就必须承认是齐光禄强奸了你，而不是你自觉自愿地与他发生性关系；要想保住齐光禄，你就得承认自己是卖淫，包括与齐光禄和其他男人发生性关系，都是你自己主动勾引他们的。不过，为了体现我们的宽大政策，这两条路任你选。”

16

不得不承认，办公室副主任赵伟中是个非常通透的人。我一直以为他是小聪明，可是，小聪明能办大事。我觉得他的敏感程度和处理实际问题的能力远远在我之上，也在很多副县长之上。遇到一件突如其来的事情，他很快就有几套解决方案，而且轻易就能从中找到一个最妥帖的。即使不能当下解决，他也能找到拖下去的办法。我脾气比较急，有时候对分管部门的局长们忍无可忍，会说几句难听话。他总能事后在私底下把事情摆平，而且不留后遗症。

对于与下属的关系怎么处理才合适，我曾经非常困惑，也多次征求过他的意见。他反复告诉我，不能着急，时间会解决一切。开始我觉得这不过是一句套话，可是下来待得久了，果然觉得时间的厉害。我刚来县里的时候，既不好参加下面的“活动”，也不好跟无关的人员拉扯，有点空闲时间还想读书写作。可是到年终测评的时候，我的得分虽然不是最低，但是也不很高，挂在考核表上很不好看。我很苦恼，不知道问题出在什么地方。我把他喊过来，说了一句特别情绪化，也特别不着四六的话，我说：“赵伟中，你说说这在基层工作，想清静一点是不是也是一桩罪过？”他说：“赵县长，这事儿不用急。既然已经这样子了，千万千万不能再刻意改变自己。是什么样就是什么样！保持自己的本色，时间会解决问题的。”果然，大家和我相处一段时间，也认可我了，有很多人主动接近我，再也不用互相设防了。

有一次，他小舅子从美国回来，他问我可不可以一起吃个饭。我立即就答应了。这是他第一次跟我提个人要求，他时时刻刻都知道自己在什么位置上。据说他小舅子是个名人，中央台的《致富经》栏目还专门介绍过他，说他是中国的“竹编大王”。刘师傅也跟我说起过，这人上大学的时候就是个生意通，每逢假期，从省城图书市场上买些盗版书背回来，在县城卖，赚的钱够一学期用的。那时候他父亲还没当上县政协副主席，还有人说他父亲的这个职位，沾了他不少光。大学毕业后，他去了一家外贸公司，在广交会上当翻译，发现了竹编这门生意，于是就辞职跑回来办了一个竹编厂。大别山漫山遍野都是竹子，人手更不缺，厂子很快就成了气候。后来他跟一个美国人合作，把生意做到了美国，一家人也搬去了美国。

晚上的饭局安排在县城北部的农家饭庄，赵伟中知道我喜欢那里的清静。赶到的时候，我发现他的两个亲戚、人大主任和政协副主席都在，心里有点不舒服。但我还是像往常那样跟他们礼节性地寒暄过了。赵伟中的小舅子看起来很精神，穿了一身运动服，说话高声大嗓的，不像他爹那样唯唯诺诺蔫了吧唧的，一看就是个爽快人。

估计赵伟中也看出了我的不快。他先让我坐下，然后很自然地说道："赵县长，本来我不想让主任和主席他们两个来，怕给您添麻烦。谁知他们一听说是请您，把所有的事情都推掉了，非来不可！我想了想，也没跟您请示就答应了。"他故意停顿一下，意味深长地笑着看了一下他们，"赵县长，在县里工作，最难的就是能得到人大政协这些老同志的认可啊！可见您的能力和人品了。”

这话说的！我突然觉出自己的小气，不就是吃个饭嘛！赵伟中的话滴水不漏，而且正在点子上，说实话我也爱听。我和主任主席推让了一番，坐了上座。他们俩坐我两边。赵伟中和小舅子坐对面。

喝了几杯酒，话匣子大开，话题自然转到了小舅子在美国的事业上。小舅子说，咱们国人在国内千般万般不如意，那是没出国。到世界各国看看，哪里有中国好？他突然转向我说：“赵县长，让我回来跟着您打个杂吧，在美国不管赚多少钱，都跟要饭差不多！”

我知道是个玩笑，可这个话头我没法接。我虽然跟着作家代表团去过几个国家，那都是走马观花，很难接触到别的国家真实的一面。美国我也去过，楼没有中国高，路没有中国宽，广场也没有中国大……反正我也没觉得哪儿比中国好。

他的父亲——政协副主席一本正经道：“赵县长不跟人开玩笑。”

他拍了一下脑袋，像突然想起什么似的，问我：“赵县长，听说您对齐光禄的案件很关注？”

关注？我一下愣了。也说不上我比别人更关注吧。

这事儿我确实问过，但是也确实有很多人主动跟我提起过。我真想不到他会从这里斜插下来。

“你怎么知道齐光禄？怎么知道我关注他的事儿？”我问。

“我给他介绍过。给他介绍您的时候，顺便说起这件事，说您很关注基层百姓的疾苦。”赵伟中插话道。

主席赶紧点头称是。

“我们俩是中学同学，齐光禄曾经找过我，那是在没出事之前。”小舅子侧着头，用指头在头上挠来挠去，“当时我没当回事，谁知道最后竟闹成个这！哎呀，不过他出这事一点也不让我意外，今天不出这事，明天也会出那事。”

“此话怎讲？”我突然来了精神。

“您知道他为什么中学没毕业就不上了？他跟我们班一个女同学谈恋爱，老师告诉了双方家长，这事儿就黄了。他身上揣着一把刀，跟了老师半个月。最后老师没办法调走了，他也被勒令退学了。”

“就事论事，”我说，“你对他这件事怎么看？”

“算了赵县长，咱们还是喝酒吧！这事说起来没个头儿，”人大主任插话道，“我们人大每次开会都会说到这个议题，可是能有个什么结果？”

赵伟中趁着倒茶的工夫，附在我耳边提醒道：“县领导在公开场合都不提这个事儿。”

我没搭理他，扭头对人大主任说：“你们可以监督法院嘛！”

“法院？”人大主任看着我笑了笑，“法院说了算吗？法院就是说了算，这里面的很多事情根本就进不了法院。”

“您问我对这件事怎么看，”小舅子好像没有听到我们刚才的对话，“我觉得齐光禄这个事情本不该这样处理，而且应该有比这好得多的结果——妈的！说起法院来我一肚子气！法律太滥了也没意思，我在美国，一次有急事超速行驶，结果第二天就收到法院的传票。如果在中国也这样，一个村民小组设一个法院也不够用——齐光禄太傻、太傻了！”

“那么，齐光禄怎么做才算不傻呢？”我问，其实我已经隐隐约约知道了答案。我认为他觉得齐光禄傻，是站在自己的角度看问题。站在齐光禄的角度呢？他哪有几条路好走？

“您看您看！赵县长，本来我是想来听听您对齐光禄的看法，您却把球踢给我了。您这一问，我这一肚子问题也没影儿了，”他站起来，夹了一个大鱼头放我盘子里，“有些话，要说我不该说啊，尤其是对着你们这些领导。要我说，齐光禄什么都别干，就往上跑，闹呗！路子不是现成的吗？县里经得起这样闹腾吗？其实，在美国也有这样干的嘛！”

“可问题是，首先是齐光禄自己经不起这样闹腾，我估计。”

“那也不能这么傻！这个人也真是，从小就一根筋，跟人抬个杠也恨不得玩命！”他没喝多少酒，但是已经上头了，脸红得像鸡冠子，因此说起话来好像义愤填膺。“人啊，一定得多想一想冲动了之后怎么办。如果一个人杀了你父亲，你一辈子什么都不要了，就要执意为父报仇，最后终于如愿了，把那人杀了。且不说法律惩不惩罚你，你父亲一条命，再搭上你的一辈子，这生意划算吗——不不不，不算是生意吧，说大一点就是人生。这样的人生，划算吗？两个人换他一个人，有什么意思？”

我不得不同意他的观点，但是又觉得哪个地方错了。至于错在哪里，又说不出来。也许很多东西是无法一笔一笔算出来的，尤其是幸福和痛苦，还有——整个人生。

停顿了一会儿，小舅子又说：“齐光禄找我而我没帮助他，心里到底是不得安顿。我想着弥补一下，您看这样……”

“别净说这个了，还是喝酒吧！”人大主任已经明显带出情绪来了，估计今天的局面也出乎他的意料。我们相互看了看，终结了这个话题，不过也没再找到新话题，草草结束了这顿饭。

送我上车的时候，政协副主席拉着小舅子一只胳膊。小舅子用另外一只胳膊拉着我的车门，小声对我说：“赵县长，说实话我很少跟国内的人在一起喝酒。他们只要一有工夫就发牢骚，就骂娘，这最让人看不起。窝囊废才会到处埋怨，才会怨气冲天。有本事你先把自己的事儿弄好，再去骂人家才有底气嘛！”

他浑身乱摇晃，看起来喝得很醉，可是话一点也不醉。我想了半天，也不知道他跟我说这些是什么意思。而且这话套在齐光禄身上，怎么都不合身——齐光禄从来都不埋怨，也从不发牢骚。

17

在办案人员的循循善诱下，牛光荣最终选择承认卖淫，以此把齐光禄保了出来。齐光禄出来的第一件事就是去找光荣，问她为什么这么傻，硬把屎盆子往自己头上扣。那时候牛光荣已经被送到了看守所，在等待处理结果。隔着铁栅栏，牛光荣对着齐光禄指指自己的肚子，说，为了我们的这个孩子，所以你必须出去。这个家可以没有我，但不能没有你。

齐光禄惊得两只耳朵都竖了起来，眼睛瞪得铜铃一般，很久才压制住内心的冲动，颤声问道："既然已经有了孩子，你这不是傻得不透气吗？"

牛光荣流着口水，反而笑了，说："我才不傻呢，你觉得还有比监狱更安全的地方吗？"

给牛光荣做思想工作的时候，两个办案人员确实很人性化，他们把刑法搬出来，帮助牛光荣认真分析了未来的形势。如果牛光荣不认罪，齐光禄就要以强奸的罪名认罪，而强奸罪的量刑幅度是三到十年。归结到本案来说，他强奸的是一个精神上有疾病、身体上也有疾病的受害人，属于情节恶劣，应该从重或者加重处罚。那就可以在十年以上量刑，直至无期徒刑或者死刑。正如牛光荣所言，这个家离开齐光禄，就成了个空架子，非塌下来不可。而如果牛光荣承认卖淫，这就构不成犯罪了，可以不受刑事处罚，最多劳教一两年。"什么都不影响，权当去上了两年大学，回来以后你们仍然可以好好地过日子。”办案人员微笑着告诉她说。

很快处理结果下来了，牛光荣以“长期卖淫，屡教不改”而被处以劳教两年。实际上，从进入劳教所的那一天起，牛光荣的心情便轻松了不少，更加觉得自己的选择是正确的。劳教所并不似想象的那么可怕，整个布局跟学校差不多，所以派出所干警的“大学”之说也不是诳语。有上课的地方,也有活动场所,每周还能洗洗澡。居住的房间也跟她上学时候的学生宿舍差不多，一个房间七八个人，出门不远就有卫生间，从环境上看还是比较舒适的。

刚到的那天晚上，一个白白净净的女管教干部找她谈话，告诉她这里的制度和要求。每周劳动六天，休息一天。都是很轻松的活儿，累不着人。劳教劳教，劳动是次要的，教育改造是主要的。白天劳动，晚上集中学习和讨论。生活上吃得不错，不但能吃饱，还能吃好，只要不是特别挑剔的人。“到这里是来改造的，又不是来享受的，有什么可挑剔的？”管教干部这样教育她。

这些道理不用说光荣都懂，况且她是苦孩子出身，什么苦都能受得了，到这里来早已在心里做好了吃苦受罪的准备。

第二天，光荣就跟着大家出工干活了。四个人一个小组，活儿确实不重，织毛衣片，工艺要求也不高，这东西说是出口非洲的。头一个星期是学徒，光荣跟着师傅——一个四十多岁的女人学习。老师在外面是搞传销的，据说也曾经家资百万，后来弄得家破人亡。老公跟她离婚了，两个女儿跟着人家走了，到现在也没个音信。光荣的技术进步很快，不到三天就学会了。开始每天能织十来片，后来可以织三四十片。女人也不表扬她，只是提醒她说，不能光讲究数量，还得在质量上下功夫。她听不懂话里有话，只管往前赶。谁知做得越多，任务量就越大，最后给她下达每天一百片的任务。虽然有点吃力，她还是赶着完成了。一天晚上，在卫生间洗碗的时候，师傅偷偷告诉她说，在这里面不能当先进，也不能这样干下去，否则总有一天会累死："累死也是白死，就跟死个苍蝇差不多，拿笤帚扫出去就完了！"

她们说这些的时候，以为没人听见。可是，第二天师傅就进了学习班，那里专门"修理"不听话的学员，据说里面苦得不可想象。从里面出来的人，一句话都不敢跟别人说。光荣也被调到第二道工序——缝盘，就是把第一道工序织成的毛衣片缝合起来，做成成衣。在针织行业，织毛衣片是最轻松的，而缝盘是最难的。要把上下两个毛衣片芝麻粒大小的针孔互相叠合起来缝在一起，一个针孔错了，整件毛衣就成废品了。这道工序都是二十来岁的人干的，眼要好，手要嫩，速度要快。像光荣这样年龄的只有两个人。但是，不管有多难，光荣咬着牙坚持着慢慢也学会了。但她的任务总是完不成，而且每天休工回来，眼前一片模糊，眼睛好像被谁抹了一层油，什么都看不清楚。这活儿确实太费眼睛了，据说眼神再好的人，干不了一年，眼睛也就完了。

开始只是组长提醒她加快进度，不能拖全组的后腿。她也着急，但是进度依然上不去。组长的话有时候就说得非常难听了。她理解组长的难处，知道她也得挨批评，所以从来也没跟她顶过嘴。但是，她们组完不成任务，除了组长在干部那里挨批评，改善生活也没有她们组的份儿，甚至连每个月的卫生纸、肥皂都不发给她们。拖了一两个月，组里面的其他人也开始找她的茬儿。当着她的面骂骂咧咧，背后毁她的东西，不是她的洗漱用品丢了，就是衣服鞋子找不到了。她都忍气吞声，没告诉过任何人。

一天晚上，她刚刚睡着，突然觉得有一坨湿黏湿黏的东西钻进被窝。她一骨碌坐了起来，吓出了一身冷汗，心都快要跳出来了。她看了一圈，寝室里开着灯，大家都在睡觉，一点动静都没有。她伸手去摸那坨东西，拽出来一看，是几块被水泡得白乎乎的肥皂，被谁捏在一起，趁她睡着塞她被窝里了。她收拾了一下，也没吭声，倒在床上再也睡不着了，早饭也没起来吃。女干警过来喊出工，她赶紧起来洗了一把脸，一边跟着大家下楼一边歪着头整理自己的头发。刚下到二楼楼梯中间，她听见后面哎哟一声，觉得好像有人踏空了楼梯，摔了下来。还没等她躲开，几个人冲下来砸在她身上。她一歪身子，从楼梯上滚了下去。当时自己还能站起来，觉得身上也没摔伤，于是就跟着大家到了车间。坐下不久，她觉得肚子痛，下身湿黏湿黏的，到卫生间解开裤子一看，整个内裤已经被鲜血浸透了。

18

齐光禄事件中的派出所所长名叫查卫东，毕业于西北一所政法学院刑事侦查专业。大学毕业后，他一直在县局刑侦队当侦查员。后来，一起案件的侦破，使他名声大噪。乡镇一名出租车司机，被人杀害在离镇子不足两公里的河边。犯罪分子的作案手段极其残忍，司机的头颅被钝器所伤，血肉模糊，身上被洗劫一空。罪犯的作案手段非常老辣，现场没留下任何有价值的线索。看了现场后，大部分警员都认为这是一起流窜作案，像大多数发生在鄂豫皖交界处的过路抢劫案一样，可能是个无头案。

查卫东通过现场搜集到的一个不是很完整的脚印，认定这起案件是本地人所为，而且是少年作案。他的理由是，本地山区与大小河流交织的地貌特征，塑造了当地人独有的前脚掌和独特的行路方式。之所以现场没有留下更多的东西，很可能与司机没带什么东西，犯罪分子也没有做好充分的犯罪准备有关。他相信作案的人还在当地，于是不遗余力地进行暗中调查，终于在一所学校抓获了两名未成年罪犯——关于这个故事，我下来挂职的第一年所写的一篇小说里，曾经有过详细的讲述。此案是两个看上去似乎品学兼优的留守少年所为。

查卫东出身贫寒，在走出乡村之前，没坐过汽车，没见过火车，连楼房什么样都不知道。从小学一直到大学毕业，他始终是一个沉默寡言的人。据说他刚分到单位时也是如此，很少与人交往，基本没有社交活动。开始他住在办公室，后来分到了单人宿舍，来来往往也总是他一个人。没人见他买过菜，也没人见他在机关食堂吃过饭。他与同事之间除了工作基本没什么交往。很长一个时期，谁都不知道他过着什么样的生活。

再后来，有人给他介绍了一个女朋友，是早前一位老局长的千金。这位千金高不成低不就，快三十岁了也没找到合适人选。她比他大三岁，俩人只见了一面，他就同意结婚了——甚至后来也有人说，即使当时不见面，他也可能跟她结婚。当时机关正分房子。

拿到结婚证，机关事务局给他分了一套县政府家属院的房子。两个人是出去旅行结的婚，回来也没再举行什么仪式。平时，查卫东在刑警队忙得没头没尾，很少回来吃饭，有时候一出差就是三五天，所以妻子还是跟父母生活在一起，到他这里来倒像是串门子。

查卫东的妻子人长得漂亮，性格也很浪漫，经常写些诗歌、散文什么的，发表在地方文学刊物和报纸上。谁都想不到的是，她不仅仅会浪漫，而且竟然还敢在刑警队高手面前作案——查卫东是怎么在她放在娘家抽屉的笔记本里，发现她写给报社一个副总编热辣辣的情书，一直到现在还是一个谜。如果执意要把这个问题弄清楚，他前妻曾经的一番话提供了很有意思的线索。“简直像一场噩梦，”她跟朋友诉苦说，“从我们俩结婚，他就没把我当成个好人。我相信连我们家飞进来的每一只蚊子都会经过他私下调查，睡觉他都睁着一只眼。谁跟他在一起，要么被逼疯，要么被逼成个贼！”

但是，查卫东在第二任妻子眼里，却是一个很会生活的人——那时他已经小有成就，成为县里的一个名人了。电视上经常看到他，县里有很多重要的会议和活动他也参加。因为破案有功，他先被提拔为刑警队的副队长，不久又被任命为城关派出所的指导员。指导员干了不到一年，就升任这个城区唯一一个派出所的所长——他的前任所长莫名其妙地被免了职，据说有人偷拍到他跟当地黑社会头目在一起喝酒洗澡唱歌的场面。那时候查卫东正在几千里之外的中国刑警学院进修。学习还没结束，上级就把他召回来接任所长。派出所就在县委办公大楼的隔壁，后面有一个小门可以直通县委常委办公楼，可见其位置之重要。

很久以后，有传言说偷拍行为系他指使，他未置可否，一笑了之。

其实，对他后任妻子的议论从来都没有停止过。要说她出身并不算低微，父母都是商业系统的老职工。高中毕业，她没考上大学，接母亲的班进了糖烟酒公司当会计。国企改制，糖烟酒公司改成了股份制，很多人的身份都变了，唯独她还是一名会计——这是对她第一波议论的主要原因。因为这个岗位是公司核心的核心，掌握着公司的生命线。公司改制不久，大家的议论便有了具体的目标，她与公司经理的“什么什么事”被“什么什么人”撞见了——也都是传言。不久，她调入县第二人民医院办公室当后勤。在医院干了不久，与办公室主任拎不清的传言又甚嚣尘上。虽然这次没被人撞见，但毕竟无风不起浪，有风浪三丈。她也很难在医院再待下去。不得已，调入机关事务局专门负责接待——出一次事重用一次，大家切身感受到了她身后巨大的权力影子。但谁也没发现什么，更没抓住什么。也许正因为如此，对她的议论才会这么密集。她成为县城市民生活的一个符号，一个漂流瓶，过一段时间总有人打捞出来查看一下。如果平时大家在一起聊天，讲不了三件事，保准得说到她。

查卫东在受到县委县政府的嘉奖而上台领奖的时

候，她在后台做会务工作。领奖前的几十分钟，俩人在一起聊了几句，双方都有相见恨晚的意思。很快，查卫东找人撮合，俩人就组成了一个新的家庭。新家庭很有新气象，查卫东像变了一个人，开朗多了，也开放多了。过了不久。他们有了一个可爱的女儿。当了父亲的查卫东，更加爱护自己的小家庭，对妻子俯首帖耳，对孩子有求必应。

谁都不看好的婚姻，能经营成这样，出乎所有人的意料，但也有人不以为然。有一次，查卫东的小舅子张鹤天喝多以后，在他们家发酒疯。张鹤天指着查卫东说，你别在我跟前装老实，你是没资本再离婚了！

查卫东仍然是一笑了之，不跟他计较。

查卫东的妻子就姐弟俩。弟弟张鹤天可不是盏省油的灯，家里不知道通过什么关系把他送到省警校，毕业后也不知道通过什么关系又给分到公安局办公室，给局长开车。一次下班后，他召集一群发小在街头喝酒。酒酣耳热之际与邻座发生纠纷，他一啤酒瓶子砸人家头上，把自己的制服砸丢不算，还赔了人家五万块钱——对方也不好惹，姑父是省报社的一个老总，占领着舆论制高点，一个小豆腐块都能把他砸成残废。

被公安机关开除之后，张鹤天开过饭店，修过高速公路，承包过电影院，干一行败一行。后来上级要求县直和乡镇各机关单位无纸化办公，姐姐得到消息后，让他成立电脑公司，估计全县将有几百台电脑的生意。于是，他东拼西凑，成立了“天宇电脑公司”，还在县城中心位置租了办公地点，买了两台车。开业那天姐夫没露头，由姐姐出面，请了几十桌头头脸脸的客人，闹得阵势很大。谁知无纸化办公只在口头上喊了一阵子，雨过地皮干，地方政府吃饭都没钱，哪有资金办这种事？国家的政策搁浅，一百多台电脑砸手里。后面天天跟着一群要账的，让他焦头烂额。

他看上齐光禄的生意，也是姐姐的一句话引起的。姐姐说，县政府要建第三招待所了。这个招待所规模很大，如果再加上另外两个，光肉菜供应就是一大笔生意。

他在菜市场踅摸了半天，发现齐光禄的店铺不仅位置佳，生意好，经营的商品也比较齐全。于是，摸清楚齐光禄的底细后他便下手了。他无论如何也不会想到，他与齐光禄之间这么一点点民事纠纷，会卷起那么大的风暴，搅得半个县都快翻了天——美国气象学家爱德华·罗伦兹在一次演讲中说道：“一只南美洲亚马孙河流域热带雨林中的蝴蝶，偶尔扇动几下翅膀，可以在两周以后引起美国得克萨斯州的一场龙卷风。”

这个大嘴巴的话终于在中国的一个小县城找到了注脚。

19

在外人看来，牛光荣也算是因祸得福。她在劳教所只待了四个多月，就因为意外流产被提前释放了。释放之前，劳教所的领导轮番和她谈话，对这次“意外”表示同情，问她还有什么要求，劳教所会尽可能满足她。她能有什么要求？脑子一片空白，说话语无伦次，对走与不走都没意见。劳教所领导拿出一份材料,让她在“以上看过,没意见。牛光荣”这几个字上面按下自己的指印，告诉她可以回家了。

接她出去那天，齐光禄和弟弟两个人早早来到劳教所。两人一直等到快九点，劳教所的偏门才开了一条缝，牛光荣像一个游魂一样飘了出来。齐光禄和弟弟跑过去，一人抓住光荣一只胳膊，看着她，话都不知道该怎么说。光荣也是呆呆地看着他们，像陌生人一样。

齐光禄来时租了一辆面包车让光荣的弟弟开着，他在后座上铺了被子褥子。齐光禄把光荣放在座位上，头枕着他的腿。她骨瘦如柴，皮肤薄得透明，与被带走那天判若两人。看着她的样子，齐光禄后悔不迭，觉得当时无论如何不该让她到这个地方来。

齐光禄让弟弟把车子直接开到邻县的一家医院，给光荣做了常规检查。身体倒也没什么大问题，就是虚。虚是病，也不是病。医生告诉他们说。

齐光禄坚持给光荣做了妇科检查。医生给他说检查结果的时候，齐光禄眼前一黑，差点背过气去。光荣这样的身体条件，很可能再也怀不了孕了；即使能怀上，孩子也会因为习惯性流产而夭折。

坠子和老婆是半个月后才从外地赶回来的。坠子看起来比过去更老了，浑身上下一嘟噜一嘟噜的都是赘肉，坐在那里大喘气，好像是用旧零件组装起来的一台蒸汽机。光荣躺在床上，似一个没有呼吸的纸人。坠子老婆过去拉着光荣的手，以往那么爱絮叨的她，一句话都没说，只是看着光荣一个劲儿地叹气。

下午，坠子安排齐光禄带弟弟去买了十来个菜和两瓶好酒。等他们回来，看见坠子擀好的面条整整齐齐地码在案板上，那是他最拿手的“袁面”。坠子边下面条边安排老婆把菜装好盘，摆上八仙桌，把光荣搀起来坐下，然后又在上手空了三个位置。喝酒之前，他在三个空位置上恭恭敬敬地各摆了一碗面一杯酒，双手擎起自己的酒杯，口中念念有词："爹！娘！光荣娘！坠子这里领罪了！你们看我把一家人领成什么样了？"

坠子老婆和齐光禄连忙站起来，扶着他劝他坐下。坠子坐下来，热泪长流，眼泪噗嗒噗嗒落在面条碗里。一顿饭吃得像办丧事，打开的一瓶酒基本上没怎么动。

第二天一早，天还没亮，坠子就把老婆和孩子们都带走了，谁也不知道他们去了哪里。在此之前，两间铺面早已转给了张鹤天。据说这次张经理干得还不错，把周围几家店铺都盘了下来。三个招待所的肉菜供应全被他承包下来了，光这一项就是一笔不小的收入。

每年的四月初，正是长城边莺飞草长的季节。从城里来这里踏青的人如过江之鲫，找个停车的地方都很难。当地政府顺势而为，每年举办一次"风筝节"。头两届吸引了国内不少名家，后来越办越大，国外的风筝玩家也都来参加比赛，于是，就把这个活动扩大为"国际风筝节"。

这年的风筝节于四月六日开幕。当日一大早，国内外各家媒体早早来到现场，还有三家卫视台做现场直播。九时九分，锣鼓喧天，鞭炮齐鸣，各级领导鱼贯登上主席台。数百只信鸽振翅飞向蓝天。随后，八十多米长的巨龙风筝、婀娜多姿的蜈蚣风筝和众多各种造型的风筝翱翔翻飞，争奇斗艳。

突然，在放风筝的队伍里，出现了两个头勒白巾、身穿白衣黑裤的男子。两个人的前胸后背都绣着黑色的大大的“冤”字，他们奔跑着、呐喊着，放飞手里的风筝。那是一只巨大的黑得像墨汁一样的梅花风筝，尾巴上挂着九十九个白色小条幅，每个上面都写着“冤”字。霎时间，中外记者轰动了，纷纷站起来举起手中的长枪短炮。

20

我安排赵伟中把齐光禄案件的卷宗材料调过来，想详细地查阅梳理一下，以便理清里面的脉络。赵伟中说，“齐光禄案件”不是一个单纯的案件，而是一个非常复杂、前后有很多人经手的“事件”。卷宗材料不止涉及一个单位，也不止涉及某个办案人员。如果把材料全部凑齐，估计要拉一板车。

后来他找到一份早前县委县政府呈报给上级的综合报告给我。我看过之后，觉得情况委实太复杂了，任谁也不好拿出一个彻底解决问题的办法。

天中县委、县人民政府关于齐光禄事件的经过及处理意见的报告……

一、从整个事件的调查结果看，并没有任何证据证明查卫东参与或者放纵事件的发生，因而对其做出“双开”的处分于法无据，明显失当。鉴于查卫东被齐光禄砍死后，其妻改嫁，父母及女儿的生活没有保障，建议一次性给予其家庭十万元经济补助。

二、县公安局根据齐光禄涉嫌犯强奸罪的有关事实，对其采取刑事拘留强制措施，是根据群众举报和刑警队采集到的线索依法做出的，并非如当事人和上访人所言是报复行为。但是，鉴于该局在处理此事时采取的方法粗暴，对群众及当事人宣传法律政策不到位，引起群众较大抵触情绪和一系列恶劣后果，经县委常委会研究决定，公安局现任局长、政委予以调离公安机关并给予行政记大过处分。

三、牛光荣之死有多种原因。虽然构成对牛光荣劳教的违法事实并不充分，但其与多名男子发生性行为的事实是客观存在的，也是应予矫正的。经查明，在牛光荣劳教期间，造成其流产的行为系意外事故。所方发现其身体不适后，所采取的施救及提前释放措施是得当的、及时的。当事人牛光荣及其家人并未表示异议。

四、牛卫国（别名牛坠子）及其家人在权益受到侵害时，不是通过正当的法律和信访途径解决问题，而是采取极端措施，在“风筝事件”中的行为严重损害了党和政府的声誉以及国家形象，本应给予行政制裁。鉴于主要责任人牛卫国已经亡故，而且有国家机关工作人员损害事实在先的特殊原因，对其事件中的其他参与人员不再追究责任。

五、齐光禄犯杀人罪，已被市中级人民法院依法判处死刑。被告人未提出上诉，现案件已经进入死刑复核程序，等待最高人民法院的最终裁定核准。

六、对事件所涉及的有关人员，已经依纪依规处理到位。因此事件造成的群众上访尚未彻底平息，县委县政府仍然负有劝解和维稳的责任，我们将尽全力做好防范和化解工作，不使事态进一步扩大。

七、痛定思痛，通过这个事件使我们深刻认识到……时刻把群众利益无小事放在首位……以稳定促发展……努力开创……新局面。

……

我把报告推给赵伟中，仰靠在椅背上，久久没有说话。他一页一页地翻看着，做出非常认真的样子。我知道他一个字都没看进去，他在等着我发话。不管处理任何问题，他总是这么能把握分寸。果然，我刚一坐直，他立即放下手里的文件，认真地看着我。

“牛大坠子，不，牛卫国死后，他老婆没再改嫁吗？”我问。

“没。毕竟她年龄偏大了，村里人给她介绍过几个村民，您知道她怎么说？”他咧开嘴笑了起来，摇了摇头，“‘切！勤劳善良的贫下中农，我还真看不上眼呢！’其实，她也不是个省油的灯，村民一直上访闹事，就是她和儿子两个人在背后指使的。”

“他们能够鼓动村民上访闹事，而且持续这么长时间，说明还是有合理的诉求在里面。”我拿起笔，在文件第“六”项下面重重地画了一道，“从我了解的情况，再加上我刚才看到的这个材料，我觉得事情的麻烦之处就在于，看起来谁都有责任，但是论到法律上，又都没有责任。这么重大的事件，最后查找不出具体的原因，也没有应该承担责任的人，你不觉得更可怕吗？”

“那当然！照您这么说是很可怕。”也许他听出了我的意思，随即调整了态度，重重地点了点头，“老百姓来上访说明还信任咱们，如果有事都不上访了，像齐光禄这样干，那麻烦就大了！”

“齐光禄也不是一步跨到杀人者的位置上，”我把报告重新递给他，“除了这份报告，你再仔细想想，他无处诉说，说了也没人听，听了也不会有人管——如果要讲痛定思痛，这才是痛中之痛！”

“那可一点都不假！”他有点忘形，一巴掌拍自己腿上，“就是因为没管他的事，我小舅子心里一直过不去。上次他回来找您，本来是想让您安排县医院把齐光禄的妹子收治了，所有的费用由他来出，结果主任把这事给搅黄了。都怪我不会办事！”

21

对“风筝事件”的处理非常迅速，而且也很到位。国家有关部门成立了联合调查组进驻天中县，找多名当事人和知情者询问情况。虽然不能彻底查清楚，而且对事件性质的认识也有分歧，但调查组要求省市县三级迅速拿出处理意见以平息民怨，并保证无论如何不得再发生类似事件。

派出所所长、张鹤天的姐夫查卫东被开除党籍、开除公职，一夜之间从一个警界新星变成一介平民。与案件有关的派出所的两个干警被免去职务，有关部门就其涉及的违法问题展开调查，是否涉及犯罪俟调查结束再做处理。县委县政府对此事件负有监管不严、控制不力的领导责任，分管副县长被行政记过。县委宣传部新闻发言人在回答记者的提问时明确表示，“人民群众的合法利益必须得到充分有效保护，决不允许任何人假借公权力谋取一己之私！”

对此次事件涉及的赔偿问题，县委县政府也迅速拿出了处理意见：张鹤天立即退还店铺并负责恢复原状，赔偿受害人每月两万元共计十一个月二十二万元的财产损失。为了体现政府勇于承担责任的宗旨，县政府从信访专用资金中拨出十万元，补偿给齐光禄和牛光荣。

处理结果与当事人见面那天，县委一名副书记、县政法委书记、县公安局局长、信访局局长都参加了。大部分当事人都表示同意，没有什么意见和要求。会议结束后，查卫东走过去拦住几位领导，提出自己在这个事件中不应该承担责任。他说：“我既不知情，更没与任何人打过招呼。如果要承担责任，也仅仅因为与张鹤天有亲戚关系——我是他的姐夫，仅此而已。所以，对我进行‘双开’处理显然是不公平的，也没有任何法律和政策依据。”

调查组也确实没有掌握查卫东直接参与此次事件的有关证据。派出所的两名干警证实，他们的作为是因为“群众举报”，跟查卫东无关。张鹤天和姐姐也证明，从来没与查卫东谈过此事。

县委副书记问：“查卫东，即使你没有明示或者暗示你的下属，你派出所的两个干警为什么这么‘无私’帮助你而不帮助其他人，这你心里不清楚吗？”

“这个我说不清楚，”查卫东以立正的姿势回答，“我真说不清楚！”

“你是真说不清楚？小聪明是会害死人的！不处理你，怎么向上级交代？怎么跟老百姓解释？都什么时候了，还玩这种把戏？”看着查卫东复杂的表情，县委副书记不耐烦地摆了摆手，“先把主要问题解决了，你的问题随后再说！”

信访局局长要求齐光禄和牛光荣在“协议书”上签字。齐光禄拿过来看了看那份协议书，大致意思是两条，一是完全同意政府的处理意见，二是保证不再为此事上访。

齐光禄拿起笔就把自己和光荣的名字签上了。信访局局长不同意，坚持让牛光荣自己签。齐光禄让他看看牛光荣的样子。信访局局长看了看，指示齐光禄抓着牛光荣的手，在她的名字上面按了指印。

一切都恢复了原来的样子。齐光禄的铺子重新开张，生意虽然没过去红火了，但还是比别人的要好。工作之余，齐光禄带着牛光荣每天坚持体育锻炼，还找了县城一个老中医，给光荣开了半年的调养药。光荣的身体和精神在逐渐恢复之中，有时候还能听到她的笑声。对这样的结果，大家都觉得很妥帖。他们以为已经揉皱的生活可以伸展、拍平，重新恢复过去的纹路和形状，甚至不会留下一点褶痕。

第二年春天，坠子因为肺部感染回到县城住院治疗。开始也没怎么在意，以为像往常一样把炎症消下去就好了，谁知县医院检查的结果是肺癌晚期。坠子老婆不相信，坚持带他到北京确诊，结果与县医院的检查并无二致。坠子也知道了自己的病情，拒绝在北京治疗，他坚持回老家，说是自己调养，可是回来后一口药都不吃。到年底，一个胖大的汉子瘦得竟只有几十斤了。弥留之际，他让老婆把几个孩子喊到床前，向孩子们表达歉意，说，自己一直在努力，这一辈子都想为他们办一件大事，可是……光荣拉着他的手说，您办的事情还不够大吗？坠子摇摇头，不够，不够！泪水顺着他的老脸往下落，浑浊得跟泔水似的。齐光禄说，爸，您永远都是我们敬重的爸爸！说罢拉着光荣和弟弟一起跪下了。这是他第一次喊他爸，也是最后一次了。

22

新上任的公安局局长郑毅，原来是周友邦挂职的那个县的一个乡镇党委书记，因为计划生育工作失误被免职。后来上级安排他到市公安局防暴大队任副队长，工作期间成绩突出，被提拔到天中县公安局任局长。据说他在市局工作时就和查卫东很熟悉，与查卫东的几个同学也过从甚密。但据后来的调查证明，他和查卫东也仅仅是正常的工作关系。他到这个县任局长时，查卫东已经被“双开”，在家赋闲。也从来没人看到过他在县里跟查卫东接触过。

我来这个县挂职之前他就被调离了公安队伍。据熟悉他的同志讲，他是个非常正派也非常敬业的人，简直是个工作狂，从来没有星期天节假日。他所制定的“白天要让群众看到警察，晚上要让群众看到警灯”的工作目标，使这个位于鄂豫皖三省交界、社会治安非常混乱的县，变成公安部表彰的先进单位。所以，他在群众中的口碑非常好，一直到现在，大家说起他还交口称赞。

他到这个县任职之后，在对过往案件的梳理过程中，发现了齐光禄和牛光荣一案。他认为，就案件所涉及的事实，对牛光荣采取劳教措施显然是处罚过当。但是，这么轻易地放过齐光禄，就是对法律的亵渎，毕竟他的行为已经构成了强奸罪。而这个罪是暴力犯罪，公安机关不能与当事人进行协商私下处理。他将此案件批给刑侦队，并责成政委指导纪检监察部门督办此案。

政委是一个老公安，他比局长到这个县早，对此案件也比较熟悉。他给局长的建议是，这个事情已经处理完毕，里边的问题非常棘手，不能再触及矛盾，引发新的问题了。

局长说："为什么棘手？为什么会形成矛盾？就是没依法办事嘛！事情要想简单，就只能坚持一条原则：正本清源，从根子上解决问题！"

政委没再坚持自己的意见，他要维护班子的团结。虽然政委和局长分别是公安局的党政一把手，但是真正的一把手只有局长一人。

刑侦队去抓齐光禄的时候，齐光禄正带着几个员工在店里忙活。最近他又代理了两家知名品牌的肉制品，坠子原来设想的开连锁店的目标眼看着就要变成现实。新店铺的地方已经找好，合同也已经签过，就差付款了。

后妈带着光荣和弟弟回老家给坠子上坟去了，今天是他的周年祭奠。他们回来时已经很晚了。光荣看到店员交给她的对齐光禄刑事拘留通知书，罪名是涉嫌强奸。她把通知书递给弟弟，呆呆地坐在床边，一句话也不说。后妈从弟弟手里接过通知书，看了看，跟光荣说，今天太晚了，有什么事情等到明天再说吧。

光荣定定地看着桌上的一片灯光，始终没说一句话。

后妈做好饭给光荣端过来。光荣埋头就吃，吃完倒头便睡。后妈不放心，又过来看她，发现她躺在床上睁着眼睛直直地看着天花板，并没有睡的意思。后妈说："想开点光荣，没有锯不倒的树，也没有过不去的河。咱们留得青山在，不怕没柴烧。"

光荣这才开口说话，她说："人要是想死就死多好！"后妈为她掖了掖被子，说："别说傻话了，咱们慢慢来。人就是再没本事也不能被冤枉死。明天就去找他们说理去！"

"妈！"光荣瞪着眼睛，并没看后妈，好像是说给自己听，"他们要是再抓我，您无论如何得帮我拦着，给我留点死的时间！"

后妈的手停留在被子上，看着光荣，半天没说话。

光荣以为她没听清，抓住后妈的手，把刚才的话又重复了一遍。

第二天早上起来，后妈已经把早餐买回来了。今天光荣好像特别能吃，吃了两根油条两个鸡蛋，还喝了一碗豆浆。后妈让弟弟搀扶着光荣，三个人一起来到县公安局，问了半天人家才告诉他们刑侦队在五楼。他们在一间大办公室找到了办案人员。办案人员告诉他们说，齐光禄已经送交看守所拘押了，这个案件正在侦查之中，不能透露任何细节。

“那我们至少应该知道为什么抓人吧？”后妈说。

“不是已经把通知送达你们了？强奸！”办案人员斩钉截铁地说，后来想了想又补充道，“涉嫌强奸。”

“他强奸谁了？是这个孩子吗？”后妈用手指着光荣，“他们都过成夫妻这么多年了，这还算强奸吗？”

“照你说这么简单，如果杀个人，一百年后就不是杀人犯了！”办案人员不耐烦地看着他们。

“当时你们劳教光荣的时候是怎么说的？难道连你们公安说话也不算话了吗？”

“滚出去！”办案人员怒不可遏，一拍桌子站了起来。弟弟赶紧过去护住母亲。

“老天爷还不睁开眼吗？”光荣突然仰头大叫一声，

边喊边朝通往阳台的门口走去。后妈见状,失声尖叫:“光荣——”话音未落,牛光荣已经从阳台上一头扎了下去。

23

县城东南角有一个老体育场,早年曾经是开批斗大会和枪毙人的地方。那时谁要是诅咒某个人,总爱说“早晚非把你送到体育场去不可”。现在它已经是城中心了,平时县里的重大活动或者展销会,偶尔还会用一下。因为进出不方便,几届人代会都提议建新体育场。新体育场拖拖拉拉建了两年多,还没正式交付使用,所以市民们早晚活动还是到这里来。

每天早上,查卫东来得都比较早。他一般五点多钟就出门了,这是他多年来养成的职业习惯。到了体育场,简单热一下身,他便围着跑道跑起来。他每天都坚持跑四十圈,十六公里。如果没有意外情况,比如极端天气或者大型活动占了跑道,即使一般的刮风下雨天气,他都不会停下来。他有这种韧劲,一直都有。

被“双开”之后,查卫东一直在家赋闲。对于自己的处分,他再也没有提起过。肉铺子还给齐光禄之后,小舅子张鹤天开了一家出租车公司,让他去管业务,开始他不想去，后来经不住老婆左右央求，去跑了几个月，又回来了。他和小舅子性格合不来，他也知道小舅子从骨子里看不起他。而且平时他不爱说话，什么事情喜欢做了再说，甚至只做不说，更不爱跟人抬杠。小舅子是个嘴巴比脸还大的家伙，什么事情八字还没一撇，已经广播得满城风雨了。再一个，他特爱抬杠，查卫东觉得他是世界上最爱抬杠的人。不管你说什么，他先插上一句，谁告诉你是这样？你还没与他争辩，他手一挥打断你，你知不知道啊？到最后，反正就他知道，谁都不能知道。

可是，在查卫东心里，小舅子也不是个坏人。跟他姐的性格一样，四肢发达头脑简单，讲义气，够朋友，对人从来也不知道提防，不管自己吃多大苦受多大罪，也得先把朋友打发舒坦。被公安局清退之后，他在局里比查卫东的人脉都广，办事能力也比他强。查卫东之所以不想跟他在一起搅和，主要是害怕性格不合，到最后会伤害相互之间的感情，进而影响到家庭关系。老婆不管过去怎么样，现在对他不错，什么事情都由着他的性子来。尤其是出事之后，处处想着他的感受，总害怕他再受到什么伤害。他觉得自己没看错人。

在家闲着没事干，查卫东就练练书法，教教孩子功课，偶尔回老家陪老人住几天，其余的时间都用来锻炼身体。这几天天气一直不好，没一点风，一天到晚雾气腾腾的，对面看不见人。老体育场因为裹在城内，被各种油烟、灰尘、雾霾包围着，像一锅浑汤，根本没法跑步。于是，他就独自跑到新体育场。那里的跑道基本完工了，运动场正在植草皮，围墙还没拉起来。

到新体育场的第一天，他发现只有自己一个人在这里跑。这里毕竟离城区较远，而且交通也不是很方便，城里到这里的主路还没修好。第二天，四十圈快跑完的时候，他发现多了一个人。那人是相对着他的方向跑的，跑起来很慢，好像腿脚不是很方便。跑近了，俩人打了个照面。虽然没有灯光，看不清楚，但他还是觉得这人有点面熟，想不起来在哪里见过。他想主动打个招呼，后来想想怕人家认出自己，就算了。

牛光荣跳楼之后，县委害怕事情闹大，要求公安局立即撤销齐光禄案件，先把人放了，听候处理。其实也没什么好处理的，只要当事人不上访闹事，上级不追查责任，事情就会慢慢稀释，无非是政府赔几个钱，大事化小小事化了。齐光禄释放出来之后，确实没闹一点动静，也很少出门。倒是光荣的后妈和弟弟到县委县政府闹过几次，都被工作人员劝阻回去了。

齐光禄把铺子交给弟弟，什么事情都不想费心劳神了。每天早上，他背着一个羽毛球拍袋，待在查卫东楼下等他下楼，再跟在他后面去体育场。到体育场，他就把袋子放在身边，看着查卫东跑步。一般情况下，他都是在查卫东跑到第三十七八圈的时候跟上去。那时候查卫东的体力已经消耗得差不多了，而且快达到目标的时候，人也比较容易松劲。但是，在老体育场活动的人太多，他几次试着靠近查卫东，都没有下手的机会。他等着雨雪天气的到来，可是这个冬天特别干燥，一直无雨。

后来查卫东转移到新体育场，他在后面跟不上，就没去。

第二天，他骑着自行车，老早就到了这里。走在路上他就感觉起风了，但风还不太大。过了一会儿，风刮得越来越大，他担心查卫东不会来了。正在踌躇间，查卫东已经过来了。他看着查卫东热了热身，开始跑起来。他就坐在旁边等着他。查卫东跑到第三十八圈，他把球拍袋打开，里面是一个亮黄的绸布包。再打开布包，包里裹着银光闪闪的日本刀——六。他把刀别到身后的腰带上，逆着查卫东的方向跑起来。那已经是查卫东的第三十九圈了。由于两个人离得比较远，他的腿脚又不方便，所以没来得及靠上去。最后一圈，第四十圈，他跑得很慢。等查卫东跑过来的时候，他捂着腰站住了，哎哟哎哟地喊叫着。查卫东一边喘着粗气一边靠过来，伸手扶他。他猛地一转身，手里一道寒光划过，刀子在风中发出嗖的一声鸣响。查卫东没来得及躲避，刀已经到了脖子上，划出一个大口子，鲜血喷涌而出。查卫东往后闪了一下，惊恐地瞪了他一眼，双手像要拥抱似的伸向他。齐光禄又举起刀扑上去。谁知查卫东却仰面朝后倒去。齐光禄骑到查卫东的身子上。这把刀出人意料的锋利，那种利索和痛快，给了他极大的满足。愤怒和悲哀已经脱壳而出，离他而去。

24

两年的挂职说结束就结束了，回头想想几乎是眨眼之间。时间虽然很短，但在这片历史层层沉积的土地上，我还是感受到了一种厚重、柔韧而又沉闷的东西。这东西莫可名状，黏糊糊的，又是若即若离的。但是我知道，从此之后，这些黏糊糊的东西就像学弟说的苦涩之后的味道一样，将灌注进我的作品里，成为我思想的一部分。

我在想，当地人把汝河喊作回头河，除了地理因素，有没有文化或历史因素？离开天中县的前一天，我站在刚刚通车不久的汝河大桥上久久不愿离去。我顺着桥面，把两边的栏杆拍了个遍，好像这是自己的孩子似的。河面上升腾着雾气，很稀薄，但也很执着，一旦升到与河堤平行的位置，便被风吹散，瞬间就了无踪影。

人类与河流的关系甚是密切，我们说起是哪里人，总是喜欢说靠近哪条河，好像我们的根子就扎在水里。谁说不是呢，我们逐水而居，人生路上遭遇大喜大悲，还老是想着要不要回头，心里总是湿漉漉的。

我忽然想起他们讲的坠子的一个笑话。有一次他唱完戏，跟村里人聊天说（那时他还没当上经理），等我哪天成功了，非到“局部”去看看不可！人家问，“局部”在哪里？他说，“局部”你们都不知道啊？中央气象台天气预报，不是说局部有雨，就是说局部干旱，那儿肯定不是个小地方！

对于我们来说，这个笑话既很可笑，也很可怜。而对于常年生活在偏僻山区里的人们来说，也许局部就是他们的整个世界，或者一生的梦想。坠子离开宾馆并再次“成功”之后，村里人进城找他，只听说他今天在这里，明天在那里，神龙见首不见尾。大家便在私下里议论，弄不好他真是到“局部”去了。

种桃种李种春风 |余一鸣|

余一鸣，男，南京外国语学校教师，中国作家协会会员。著有长篇小说一部，中、短篇小说选三本，在《人民文学》《收获》等发表小说50多部，小说三十多次入选选刊和年度选本，并多次进入小说排行榜。曾获2012年《人民文学》奖、江苏省紫金山文学奖、2011《小说选刊》年度奖、《中篇小说选刊》双年奖、《人民文学》2011年度小说奖等奖项。

一

老陈书记的花园说白了是个菜园，中间挖了个方塘，无荷，也无鱼。水塘的两边是一垄垄菜地，大太阳底下，那菜叶子你看上去蔫巴卷边了，只要水一浇，就鲜活得回了魂。老陈书记一条腿不好，在家拄拐，出门坐椅，可在这菜地里，那条腿收放幅度看上去夸张，却灵活自如，锄草施肥浇水样样他都能干。

当初大凤来陈家做阿姨时，一看这菜园，就提出，我只做屋里的活儿，菜地的活儿我不干，那是男人干的活儿。大凤知道这话立不住脚跟，什么年头了，乡下的男人都进城打工了，别说菜地，大田里忙活的也都是女人了。好在老陈书记不计较，说，这点菜地，是我活动活动手脚的场子，用不着你。小陈书记扔过来一束打探的目光，大凤顺下眼，躲了。

小陈书记是老陈书记的女儿，在下面的镇里当书记。老陈书记原有多风光大凤没见识，但小陈书记在她眼里已是呼风唤雨的神仙了。小陈书记是忙人，除了节假日一般不来老陈书记这里，大凤不希望她来。小陈书记来这里不是做女儿，是来做书记的。她检查大凤的工作很认真，筷子上有没有油腻，阳台瓷砖上有没有灰尘。当然，小陈书记想检查的不只这些，老陈书记也是她的重点检查对象，她能从蛛丝马迹中看出她老爸的花花肠子，时刻委婉提醒老同志保持晚节。从名义上说，老陈书记是大凤的东家，其实小陈书记才是决定大凤去留的真东家。大凤心里明镜似的，父女俩讨论本县政治风云，都说过要跟对人，关键时刻不能站错队。大凤耳濡目染，当然不糊涂。你只要看见老陈书记在小陈书记目光下心虚的眼神，大凤就明白，同是书记，在位与不在位，眼光的力量高下立分。

今天是个重要日子，有重要人物莅临老陈书记的家。重要人物都忙，有重要事情要做，比如这位重要人物陆海波，周一到周五要在实验小学六年级一班上课，晚上要完成一大堆作业，星期六星期天要赶场子上各位名师的家教课。据说，小陈书记的座驾在镇政府基本看不到，有时人们会看见小陈书记骑电动车来上班，形象极其亲民。只有她的司机知道，他和车都没闲着，而且礼拜天也没闲着，有比书记更重要的人物需要服务。没办法，重要人物陆海波的爸爸在一家公司的驻外机构上班，顾不上儿子。重要人物的日程排得满满的，偶有空闲，爷爷奶奶和外公才有幸亲见。比较爷爷奶奶，外公这边的吸引力明显弱势。除了势单力薄，最让重要人物不待见的是外公的谆谆教导。在学校有老师啰嗦，在家里有老妈唠叨，出门做回客还得听他老人家无休止地语重心长。老妈说，你外公做了一辈子领导，做报告做惯了，就像你们的老师，在课堂上讲话多了去，节假日在家舌头痒痒，只能做家教煞话痨的瘾。海波说，老师那舌头打个滚，就能吐出钞票，相当于印钞机，每次上课，哪次不掏你口袋里几张钞票？外公，他也就赚个唾沫。这话幼稚，小陈书记不与孩子计较，等他成长为社会的重要人物他就明白了。重要人物的日程安排都由不得自己做主，外公这里他不想来也必须来。小陈书记来看老陈书记，比抄水表煤气表的人来得勤，每月至少来两趟。一回二回一个人来，老陈书记宽宏大量，打听一点重要人物信息，叹息几声。若是第三回在猫眼里还不见重要人物身影，老陈书记就不让大凤开门，宣布小陈书记是不受欢迎的人。谁才是受欢迎的人？小陈书记当然能揣摩出她老父亲的心思，下回来，必定是重要人物未见其人先闻其声，老陈书记家的接待规格立马上了档次。

大凤也盼望重要人物陆海波，盼望同是盼望，目的却是不相同。

今天是中秋节，家教公司也放假，海波可以在外公家待半天，还有半天被安排在爷爷家。不是所有的官家子弟都飞扬跋扈，海波就是个乖孩子，不是一般的乖，用大凤在乡下的说法，三巴掌打不出一声哼，三脚踹不出一个屁。大凤觉得，这怪不得孩子，孩子他妈当书记，书记在外能说会道，在家也刹不住车，把该孩子说的话抢说了。海波跟大凤近，因为在外公家的大人中只有她不是书记，也是说话没份只能听话的主儿。海波喜欢到菜园地里玩，城里孩子稀罕小虫小草。海波只有到了菜园里才像个孩子，蹲在那里研究红辣椒，秋天的红辣椒像一盏盏红灯笼挂着，招人疼。小陈书记就喊，海波，离远一点，弄到眼睛里可痛了。海波挪几步，会坐到一只癞南瓜上，小陈书记又喊，海波，那瓜上有毛毛虫，弄到皮肤上痒痒。蔫孩子有蔫孩子的办法，不理睬你。小陈书记急了，大凤，大凤，给我把海波拽回屋。大凤停下手里的活儿，看一眼小陈书记，不吭声。小陈书记明白了，大凤是不进菜园子的。倒是惊动了老陈书记，急急进去，肩膀一高一低地牵了海波的手出来。大凤知道，老爷子既怕孙子弄痛弄脏自己，也怕孙子像闯进去的小犊子把他的菜地拱乱，老爷子是个讲究的人，这菜地看上去青一簇，黄一簇，乱纷纷，在他眼里却是一本打开的账本，有条有理。

海波在外公家有一事求着大凤，这就是家庭作业。海波上小学六年级，也就是毕业班，谁都知道“毕业班”这三个字的含义，小升初是人生征途中第一个关键台阶。海波的班主任在家长会上说，教育学生从教育家长抓起，升学才能成为全民运动。大凤反思自己高考屡考屡败的惨痛历史，输在起跑线就是这道理。觉悟早，她一家三口才搬进这县城。大凤不能理解的是小陈书记，她急什么呢，太把自己不当回事了，简直把自己等同于普通百姓。要着急也轮不上她着急，就算在同一条起跑线上，发令枪一响，别人是甩着两条腿跑，海波可以坐在他妈妈四个轱辘的小车上踩油门。但小陈书记显然不这样想，抓海波的作业比抓她镇上的招商引资还上心，这让大凤意识到，孩子的学习在谁家都是天下第一号大事。没有最好，只有更好！这句广告词用在谁家对孩子的要求上都合适。

在海波的眼中，大凤才是个有学问不叫唤的人。有的人会叫唤没本事，比如他妈妈，当初是师范专科毕业生，现在是读什么在职博士，可是海波让她做奥数题，她没做对过一次。可大凤阿姨是个保姆，不管是语文还是数学，海波的作业从来难不倒她。海波遇到难题就往外公这里打电话，不找外公，找大凤阿姨。老陈书记拎着话筒，讪讪地说，大凤，看来我还得开一份家教的工资给你。话是这样说，大凤从没当真，大凤做题不是因为海波。大凤对海波说，可不能小看你妈，你妈的学问往高处做了。你想想，一个人站在喜马拉雅山顶上，他怎么能看得清山脚下的几棵小树？你妈妈就是那样。海波不吭声。不信的人不信的事不必放在嘴上，与大人一样叫唤才愚蠢。

海波说，阿姨，你完全可以开一个小升初辅导班，比在外公这里钱多了去了。

老爷子说，好你个浑小子，有你这样吃里扒外的吗？阿姨走了，你外公怎么过活？

大凤喜欢海波喊她“阿姨”，这孩子喊“阿姨”是把她当阿姨。老陈书记和小陈书记也喊她“阿姨”，那是时时提醒她，她是个保姆，是下人。大凤刚开始时还真不习惯，一个可以做自己父亲的人喊自己“阿姨”，怎么应得下呢？后来明白了，这称呼就是衣服后领上那个标签，注册商标，不应还不行，别扭也得应。

陈书记和小陈书记都在厨房择菜，大凤的耳朵跟着他俩。好容易等到扯上正题，也就听到两三句。老陈书记说，买就买吧，买了学区房，不就用不着求爷爷拜奶奶了吗？这房钱我掏一半。小陈书记说，知道的人说是你掏了钱，不知道的人就要跑纪委告我的状，帮我算收支账了。要不，还是你找那一初中的校长，你这把老面子他们总得买。老陈书记说，我看还是买房，我不去失那骨气。大凤进了厨房门，话题就断了。大凤知道他们说的什么，但做阿姨有阿姨的规矩。大凤说，不早了，我得赶紧洗菜了。

老爷子显然让小陈书记失望了，她不知道，比她更失望的是老爷子家的阿姨大凤。

大凤等到老爷子扒完碗中最后一口米饭，总是放下自己的碗，帮老爷子舀汤。大凤刚捉住汤勺柄，小陈书记说，我来。大凤愣了一下，小陈书记接过汤勺时，一瞬间，两人的两只手腕子和白瓷汤勺组成了熠熠生辉的画面。都是因为餐桌上的灯光，尽管这餐厅确实不敞亮，可是别说大白天，平时就是吃晚饭，老爷子也懒得开餐厅的吊灯。今天是重要人物来了，又是重要日子，这花枝般招展的灯才打开了。灯光下这两只手看上去差别明显，一只手明显刚用了护肤霜，白，润，手背上淡青色的筋络峰回路转，有隐有显。那曲蜷的手指，角是角，窝是窝，曲着也能让你想得出它伸展时的挺拔和玲珑。这当然是小陈书记的手。另一只手属于大凤，它迟疑，松松垮垮，手背手心都泛着黄，像是故意做旧画页上着的底色。仰面的指肚灯光下倒是白，那是在水中浸泡久了鼓胀的白，细看，指肚上有凹陷的水纹，像是妇人肚子上的妊娠纹。这是劳作的手，保姆的手。耀眼的不是这两只手，是这两只手的手腕上都戴着同一款金光闪闪的手表，同一个品牌，大凤记得小帆说叫“僵尸点灯”，当然明白只是谐音。两只“僵尸点灯”金光流转，大凤慌忙缩了手，她腕上这块是假货。那阵子小帆倒腾假手表，真货据说要几十万，假货只要几十块。大凤的手背和手腕上还有一串伤疤，如果不是手表夺目，灯光下仔细看，那疤痕惨不忍睹。小陈书记不动声色地笑了一下，大凤还是看出了她隐藏的不屑。其实，大凤想隐藏的不是手表，而是手上的旧伤。

小陈书记母子俩吃过午饭就走了，大凤在厨房里洗碗。那个高高低低摇晃的影子停在她背后，有一只手拍在她的后脑勺上，然后顺着长发搁在她的后腰，停在腰际，不动了。大凤不愿意的时候，最多让那只手碰碰后脑勺就躲开了，老爷子就干咳几声，说，别累了。转身退了。人知趣就好，大凤得替他将长辈的脸面留着。今天大凤让那只手掌趴了一会儿。大凤说，陈书记，你莫非真的一初中的指标连一个都要不来？那只手就挪开了，背后的声音说，凭什么一初中的校长要把指标给我？

你当过文教局的书记哩。

这个你也知道？有句话叫人走茶凉，说的就是我这样的老家伙。

大凤把水龙头放到最大量，水打在餐盘上珠光四溅，大凤不再理睬背后的那老头，埋头洗碗刷盘。大凤心里指望的那个水龙头被关闸了，一瞬间她心如死水。

二

大凤只在陈书记家吃一顿，午饭。晚饭她回自己家做，得侍候上小学的儿子。她开了家门，儿子清华已在桌子上做作业。大凤塞了一个面包给清华，借着桌上的灯光拾掇晚饭菜。每天这顿晚饭进嘴，都得晚上七八点钟了。大凤择菜心不在焉，当初到陈书记家做保姆，是带了心眼去的，这老爷子是从文教局书记的位置上退下来的，县城几所中学的校长都做过他的部下，清华上一初中求他出面应该能解决。想不到她看错人了，这老爷子连自己的亲外孙都不肯去招呼，清华的事更指望不上他。一初中的初中在县里是最好的初中，义务教育阶段上面有政策，就近入学，这几年一初中的学区房房价涨疯了。有一个传说，一位学生家长为了孩子读一初中，提前一年买了房，房价三十万。三年初中读完，孩子升高中了，家长卖房，成交价是一百万。大凤打听过，这还真不是传说，现在一初中的学区房一平方米上万，赶得上省城的房价了。小帆说，姐，你就别操那个闲心了，我姐夫留下的那点钱，也就够买个厕所。除了买学区房，还有两种途径进一初中，语数外竞赛中获市一等奖，这样的孩子在全县屈指可数。另一种途径是关系户，关系可以是上下级关系合作部门关系亲戚关系金钱关系男女关系，等等，名额不多，所以不是一般的关系能进的。大凤笑自己简单，以为随手押一宝就能赌赢。想着想着不高兴弄菜了，掏出手机拨了小帆的电话。

徐经理，在哪里发财啊？请你吃饭。

哈，本经理刚吃完大餐，在回宿舍的路上。

那也得再吃上一回，这里有你的大客户。这样，也不跟你讲究了，限你半小时内带一只盐水鸭一盘韩国泡菜来这里报到，否则，一份大单就没了。

清华开心地说，妈，舅舅马上来咱家？

大凤说，你那心思放哪儿？做你的作业。

大凤下楼买了几瓶啤酒回屋，小帆还没到，清华鬼头鬼脑地东张西望，大凤顺清华的余光看去，明白了。这小子偷看电视了。大凤绕到电视机后，那镀镍天线杆上挂着两只空易拉罐，再摸一摸电视机，还有热度。平时家里不看电视，电视机是房东留下的，大凤把有线电视那线掐了，连“新闻联播”都不看。一怕影响孩子的学习；二呢，那些国家大事离这个家庭太遥远，浪费精神。可这小子不能理解做妈的苦心，说，人家家里都电脑了，你连个破电视机都不给看。大凤一巴掌下去那小子才哑了，真应了那句老话，娘争气，儿放屁。只要不是学习上的事，他什么歪门邪道都想得出来，还没学物理，就知道鼓捣无线电信号了。

小帆进来解了清华的围，小帆说，清华，咱先吃饭，家事国事天下事吃饭是大事。

大凤租的房子是六楼楼顶上的一间自建房，说白了是违建。据说在北京的高档小区楼顶上，有人曾建有别墅假山。那么在小县城，每幢平顶楼上雨后春笋般长出小房子就不可避免了。大凤租的这间屋子也就十几平方米，除了一张娘儿俩睡的大床，能称为家具的就是清华做作业的那张方桌。屋内空间小，屋外乾坤大。大凤把煤气灶放在屋外，靠墙搭了一窄条铁皮棚子，油烟进不了屋，除了冬天，娘儿俩的饭桌就摆在露天，图个凉快，图个天高地阔。大凤喜欢这地儿，要命的是爬楼，徐小帆来一回就要叫一回苦，说再不换地方，打死他也不来了。他物色了几处，大凤不肯搬，说住平房草多虫多，心里不干爽。

秋风有些凉意，清华吃完饭就被赶回屋子做作业了。姐弟俩坐在楼顶，月色明亮，街道上灯火通明，看一眼，就有了在繁华之上的虚幻。

小帆说，姐，只有这条道了？想好没有，不是小数目。

大凤说，没别的道，这也算是一条道。明天你带我先去见你们那老板。

小帆走的时候，清华已趴在桌上睡着了。小帆揉揉他的头发，醒了，劈手就夺舅舅手中的作业本。小帆闪过，看了一眼就笑了。

君子坦荡荡，小人写作业。
举头望明月，低头写作业。
商女不知亡国恨，一天到晚写作业。
洛阳亲友如相问，就说我在写作业。
垂死病中惊坐起，今天还没写作业。
人生自古谁无死，来生继续写作业。
众里寻他千百度，蓦然回首，
那人正在写作业。

大凤说你笑什么。小帆说，没什么，清华的作业写得一点没错，外甥随舅，我骄傲。回头低声说，臭小子，你不但偷看电视，还偷偷上网吧。幸亏落在你亲舅手中。

第二天小帆在街口见到大凤时，大凤完全变了个人，新洗了头发，换了一套挺时尚的新装，关键是把摘了多少年的眼镜戴上了。当年那种黑框的眼镜现在卷土重来，变成年轻男女追求的新款，同样是眼镜，大凤看上去却洋气了。小帆说，姐，差一点没敢认出是我姐。大凤说，今天本来就不是来做你姐的，是来做你的客户。小帆说，怎么了？换了身行头，就连自己的亲弟弟都不认了？大凤正色说，我有我的道理，见了你们老板，我不是你姐，是村上的族亲，男人在省城里做生意，想在县城买房，娘儿俩搬城里来住。小帆说，行行行，弄得我真能沾你什么光似的，他嫂子，您放心。小帆知道大凤不是开玩笑，那副眼镜自从不再参加高考后她就不戴了，怕别人笑话她那段屡考屡败的历史。这回居然不顾不忌，她这是想演哪一出？

小帆所在的大有公司究竟做什么生意，小帆自己也说不准，小帆只晓得自己在做什么。小帆隶属于大有公司一分部，用小帆的话说，一分部就是倒腾，买进卖出。这话等于没说，谁做生意不是买进卖出？小帆向大凤解释，我们倒腾的是概念。比如说中秋节，我们卖月饼卖螃蟹，都是高档货，买的人不吃，吃的人不买。送的人不嫌贵，收的人还嫌烦。商机就在其中，月饼一张卡五百元，螃蟹一张卡一千元，店面里的月饼放长了要霉，螃蟹养久了要死，成本太高。其实真没有多少人来提现货。有送卡的，就有上门送实物的，再说，领导夫人到店里来提着拎，明眼人一眼就看出是受贿，这不是有意往领导脸上抹黑吗？这边的卡卖出去，一分部就有人在那边把卡收进来。卖卡的人有两种，胆气足的直接找小帆这种客户经理，谨慎的就在七大姑八大姨中找可靠的亲友中间转把手。月饼卡回收是三百元，螃蟹卡回收是五百元，嫌低？你本来就是白来的，没花自己一分钱，揣着红票子总比揣张纸片踏实。大凤说，扯了半天，你们倒腾的不就是卡吗？小帆说，卡不是卡，是概念。大凤说，那其他分部呢？小帆说，公司不准互相打听业务。不过，我肯定，四分部是经营你要的那类生意，对亲姐我不打诳语。

大有四分部的办公室不在大楼上，在城南的旧巷子里。跟别的小城一样，城南都是平民聚居的地方，忽然有一天，传说要拆迁盖大楼了。人迁了，屋没拆，修旧如旧，变成了“明清一条街”，这条老街就如一条蜈蚣趴在城南，两边的巷子成了蜈蚣的百足。沿街的老房子摇身一变，成了店铺，四分部就厕身于这些店铺之中。与别的商家不同，四分部门口挂着红灯笼，却没有悬横匾，也没挂竖牌。店堂里空空如也，没有柜台，没有货架，连个招呼人的营业员都没人影。小帆说，就是这里。大凤跟着小帆跨进门槛，立即有女声迎客了。徐经理好，这位姐好，有什么需要我帮助的吗？循声看去，原来人藏在那落地的镂花木窗后面，她看得见人，人看不见她。

负责接待大凤的人是个四十多岁的干瘪男人，穿着中式对襟夏衣，脸色灰黄，两颗龅牙尤其灰黄。这样一个男人，与这屋高窗小、光少影多的旧房子很般配。小帆称呼这人为“黄经理”，黄经理看了一眼大凤，那眼光像是要看穿大凤的五脏六腑。大凤不看他，仰起头看那高高的雕花原木屋脊。小帆说，这是我们村上的三嫂子。黄经理说，那好，你可以走了。小帆想说什么，大凤说，谢谢徐经理，改天我再登门致谢。黄经理笑了，黄经理一笑，那包着一点点牙齿的嘴皮就彻底撤退了，惨不忍睹的牙龈顿时一览无余。黄经理说，四分部也会感谢你。小帆只能转身走了。黄经理这间办公室不大，是深宅大院里众多蛰伏在寂寞中的房间之一。黄经理转身为客户泡茶，大凤看一眼茶叶盒，说，慢，我不喝绿茶。大凤从包里拈出一小包包装精致的茶叶，冻顶乌龙。陈书记平时爱喝，大凤临时顺的。大凤说，黄经理，麻烦您先洗一遍茶叶。黄经理说，放心，我们老板也爱喝乌龙，泡茶总提醒先洗一遍。大凤就在沙发上坐下来，右腿一骗，骑到了左腿上。

大凤讲了要求，黄经理说，你找我们是找对了，这是我们经营的业务之一。我们有稳定的供货人，不过，做生意是有了下家再去找上家才没有风险，你先看一下价格，有意向就填一个登记表。需要签单时我们会通知您。

黄经理取了一张登记表，“货源”一栏黄经理填的是英文：iunio rmiddle school.one，大凤想不到这人还能写英文，还真不能小瞧这四分部。“商品价格”栏目黄经理填的是阿拉伯数字：100000，递给大凤。大凤数了数后面那一串圆圈，没错，跟传说中的一致。大凤填了姓名和手机号码，“介绍人”栏目空着。黄经理说，在这里填上小徐的姓名。大凤说，跟他不是很熟悉，我嫁过去就没在村里见过他，托村里人介绍，拐了几道弯才要到他手机号，他姓名怎么写？黄经理说，徐小帆，刚才他不肯走，就是怕我不登记他的姓名，按公司规定，生意成交他有奖励。大凤想了想，说，那还是写上。

黄经理送客时按了一下桌上的按钮，有穿着套装的女子立在门口，她引导着大凤往宅子深处走。大凤知道小帆肯定在前街等她，也不能说破，默默跟着那姑娘走。这是一大群旧房子连在一起，天井缀着天井，院子套着院子，大凤跟着穿堂人廊回环曲折像进了迷宫，奇怪的是，一路竟没遇见一个人。终于听到人声，这才发现绕到后街了。大凤怕小帆着急，赶紧用电话通知小帆，小帆说，我知道你在后街，只是不知道你从哪扇门出来。原来，四分部有许多后门，而且有众多通道，走哪条道出哪扇门都有讲究。有一个基本原则，绝不让甲客户遇见乙客户。小城就十几万人口，在场面上走的就那么一些熟面孔，在这里碰见了不方便。从生意经而言，上家与下家对上眼就没中间商什么事，让双方见面是大忌。小帆想不到大凤真敢这么大手笔。整十万哩，小帆说，这才是清华花钱的第一步，后面路还长，你把所有家底都砸在这儿，后面的路怎么走？大凤说，走一步看一步，车到山前必有路，先走走看。记住，反正这事我把你撇开了，你与这事没瓜葛，我有我的章程。

小帆哼了一声，姐，我们公司可有大背景，你想怎么着？

大凤撞了撞小帆的膀子，说，这么快屁股就挪到大有那边了？不就是这单生意你没捞着回扣吗？

三

三红比大凤小六七岁，女儿却跟清华读一个年级。算起来，三红初中没毕业就出来打工，不到二十岁就当上娘了。当年三红爹一心要儿子，到了第四胎才如了愿。三红自小在家就没被当回事，在外面遇到男人的甜言蜜语就晕了头，等男人突然没了、女儿真的有了，那迷糊才醒。她男人没了不是死了，死了倒也解恨，那家伙在老家有老婆儿女，跑路了。三红也没真当回事，骂过哭过也就过去了，她一人在县城拉扯着孩子还是过得有滋有味。有一次开家长会，三红认出了大凤，风风火火冲到大凤身边，你是大凤姐不是？大凤点头，看她有几分面熟。三红说，我是你隔壁村的，你不认得我，我认得你，你可是我们乡里的名人。这话说得让大凤没办法接话，简直是当面揭短。三红又说，大凤姐，你孩子怎么才上六年级？大凤说，你说晓得我有名气，不就是笑话我高考考了五年没考上，没考上，把结婚生孩子耽误了，才跟你搭上一班车。三红没听出大凤生气，说，那可好，咱俩小孩在一个班，我遇事有个人商量了。

看来三红这种人，属于你没办法跟她生气的那类人。大凤问她打什么工，三红说，陪读。“陪读”这词大凤知道，原来是指出国留学生的亲属去照顾生活，在小县城，许多乡下人家为了让孩子上名校，买房或租房，留下孩子的母亲烧烧洗洗，也算陪读。陪读没人发工资，得有人养活，一般都靠孩子他爸在外面赚钱。大凤当时不知三红的底里，心里羡慕，难怪这女子没心没肺，有个男人疼着护着她。

自从清华到了六年级，老师与家长的联系越来越多，周测和月考是例考，联考会考模考接二连三，家长们自发建了网站，还有 QQ 群，据说熙熙攘攘，比集市上还热闹，不是对老师评头论足，就是对升学政策捕风捉影。大凤没有电脑，手机也是老掉牙的二手货，消息来源全靠三红。这次三红打电话让她过去，说是商量“团购课”的事。老陈书记有午睡习惯，大凤趁这空去过几回三红家，去过几回大凤就不去了，不方便。三红听了说，大凤姐，你眼睁着就当是瞎了，耳听了就当是聋了，谁还敢把你怎么了？三红说话不靠谱，做事更不靠谱。可想到三红也是苦命，一切都是为了孩子，大凤也生不了她的气。

三红租的也是一间房，在一楼，不过中间做了隔断，后间是卧室，前间是兼客厅餐厅厨房等。三红和一个虎背熊腰的男人一人占了一面桌正喝酒。秋分都过去几天了，那男人还赤着膊，一点都不怕冷的样子。大凤要退，三红冲过来拖她坐下，说，姐，不是外人，咱边喝边聊。三红把进她屋子的男人都不当外人，大凤只能硬着头皮坐下。倒是那男的见大凤不自在，说，菜少了，我去给加两个。三红这房子是“城中村”的房，挤得比大田里的高粱秆还密，屋内一年四季都见不到阳光。墙上只抹了水泥，连涂料都省下了。靠墙砌了水池，煤气罐和灶具就贴水池摆着，那男人背对着她俩洗菜切菜。打着了火，三红说当心烫着，把他的上衣扔给他，他嘴上说没事，还是把衣服穿了。这男人四十出头了吧，大凤心里估计。看他这么胖的大块头，手上干的活却利索。一般的男人在厨房偶尔干个活，两只胳膊不管手里有物没物都悬着，像是展翅欲飞的大鸟。这人不是，左手捏锅把，右手拿着锅铲，当的一声把水龙头打开，用完了，又当一声把水龙头关了，脚下纹丝不动，先后有条不紊。一会儿菜端上桌，大凤试探着问，大哥，看你身手，你莫非是位大厨师？男人惊讶，说你怎么知道？三红说，你看，你看，我姐厉害吧。你睡了我半年，一直藏头瞒尾，磨叽了多少回才告诉我你是谁，我姐一眼就把你脱光了。大凤说，你怎么又胡说？干净的话让你这张嘴说出来也没法进耳朵。

果然是厨师，大凤说，师傅在哪家饭店高就？

男人说，我姓罗，不在饭店，在一初中食堂掌勺。

大凤的眼睛像被火点着了，说，了不得，你在一初中？

三红看出了大凤的激动，说，姐，淡定。在一初中能怎么？他就一火头军。

大凤眼里的火苗熄灭了。大凤说，讨教一下，什么叫“团购课”。三红解释说，是群里一位家长发起，就是召集多位家长，集体购买老师上家教的课时。大凤弄明白了，现在家教市场生意兴旺，但“注水教师”多，很多上课教师是在校或失业的大学生，他们报酬低，成本低，家教公司喜欢，家长不喜欢。名师当然好，但开价高，家教公司不能做亏本生意。有钱人不怕，他们为自己的孩子请家教选择“一对一”,你名教师不是牛逼吗？我买断你的课时，就辅导我孩子一个人。一节课多少钱你开价，一千不行两千，两千不行三千。有大款给孩子每门课都请家教，都是“一对一”，水涨船高，名师的家教费越提越高，这就苦了普通百姓的孩子，他们的家长请不起，用专业术语说，优质教育资源被富人垄断了。但是，群众的智慧无穷无尽，家长群里就有人提出了“团购课”的设想。“团购课”与网上“团购商品”概念不同，团购商品是要求商家减价，给大家批发价。“团购课”不要求减价，还主动适当加价，比“一对一”略高一点。“团购课”对卖方有挑选，对买方也有要求。牵头“团购课”的家长自设门槛，排名在年级前三十名才具有资格，店大欺客，客大了不欺店，至少可以挑拣店家。高兴的是，三红和大凤家的孩子都有这资格。大凤说，好事，该出的份子我肯定出，我参加你们这团购。三红说，不是所有的老师都配得上我们团购，数学这门课的老师大家精挑细选看中了一位，大家觉得你去谈最合适。大凤说，谁？谁能给我这么大面子？三红说，你们村上的梁亚民，是我们县唯一有小学奥数赛教练证的老师。你别说不熟，都打听好了，是你在村上的邻居，你家清华转进这小学就是由他出面办的。

这情报不假，可是群里的家长只知其一不知其二。大凤说，我真没把握，让我想想怎么去跟他说。做家教这事也有规则，上面明确规定教师不能从事有偿家教。世上好多事弄得诡异，有些事只能说不能做，有些事只能做不能说。非要去说明，谁去说、怎么说还真有讲究。

罗大厨见俩人有正事，正要借口开溜。大凤说，我这人福气好，出门遇贵人。正端着铁锅寻灶台，灶台就送到我面前了。罗大厨，您食堂那边要不要招临时工，洗菜洗碗，打饭卖菜，拜托您给我寻份工。三红说，哟，姐，人家是大厨，不是大灶。要真是座大灶，我还坐在灶台上，得先端了我这锅子。大凤说，你瞎掺和什么，姐是讨口饭吃，寻个饭碗。你不帮姐，倒要争风吃醋的泼。三红说，逗你玩呢，罗胖子你记下我姐的话没有？罗大厨连声说，记下记下了。走到门口又返回，在窗台边摸索了一番，冲她俩嘿嘿一笑才走。大凤看见那窗台的旧剪刀下压了几张红票子，心里明白，三红也不顾忌大凤，说，这死胖子，多一张都不给。我说女儿买学习机要五百块，他就只留下五百块，一分不多，我娘儿俩喝西北风去？大凤说，你又不止这罗大厨一个，你给他们分时段，顺便也分分工，就什么都有人管了。

大凤说，但是，这事可千万不能让孩子知道。

三红说，你放心，这事都安排在白天，白天她上学。晚上她做作业，我陪着，任谁都不敢来敲门，我手机都关机。我想好了，撞见了就说是表叔。不说这事，该说的是你的事。怎么了，老家伙得不了手，赶你走？

大凤说，人家老干部思想觉悟高，作风正。是我不想在他那里做了。

三红说，老家伙对你有想法，才肯明着暗着给你加工资，你别揣着明白装糊涂。我可听说了，一初中食堂的临时工才一千五百块，只有你保姆工资的一半。

大凤心里说，就一半也值得去，但嘴上说，我有我的难处，三红，你就帮一把姐，在罗大厨那里多催问几次。

大凤从三红那里出来时，要变天了，风在窄巷子里横冲直撞，将纸片树叶卷远卷近。大凤想，刚才顺口那么一说，其实是胜过深思熟虑的，书上说，不入虎穴焉得虎子？用在这里不太适合，但是至少那样一来我与一初中近了，近了才有机会才有可能。如果说升学指标是池塘里的鱼，有权有势的人得到指标就如同钓鱼，一根线牵着鱼就行了。但是对于大凤这样没有渔竿渔线的人，自身跳进鱼塘试试勇气，总比在鱼塘边上叹气跺脚好。

大凤在风中抱了抱自己，像三红这样的陪读家长，据说在县城有不少操这营生。这三红，原来以为是有一个男人疼着护着她，其实是有好多男人。

四

怎么村里还没人来？梁老五看腕上的表，快八点了。今天是梁老五择的吉日，是花了钱在卦摊上求来的。时辰也选的是良辰，八点八分，这是老五自己选的，不都这样选吗，谁家办事选数字都选“八”，电视上也这样宣传。泥瓦匠和木匠已上了三楼，蹲在水泥板上抽烟，水泥板被夜天铺了一层霜，鞋底踏上去，盖了印似的。大梁昨天就上了三楼，一夜风霜，桐油味还没散尽，大梁粗如桶，霸气地横着，两端扎上了红绿大绸。整箱的鞭炮也搬上了楼。这层楼板上要红有红，要绿有绿，喜气立即有了。只等鞭炮炸响，泥瓦匠和木匠的大师傅就缓缓起梁。

梁老五家今天上梁。乡下说法，上梁时要十二生肖聚齐，主家才吉庆。按说这不是难事，老五排行老五，自家一大家子就凑齐了。可这日子不对，往前是秋忙，往后是春节，人都在。但平时，大部队都进城打工了，只剩老弱病残在村里。老五昨晚还特地在村里走了一圈，见老的发烟，见小的发糖，烟是二十元的金南京，糖是包着锡纸的巧克力。老五说，明天去的都有，都是这，还有新票子，五块的，十块的，崭刮刮，一甩能甩出响。都懂，谁家这事都不敢小气，上梁的大斧一响，就有烟糖和纸币飞下来，招惹众人疯抢，孩子叫，大人闹，图的是人气，旺喜。

那些人嘴上是答应了，真要一早起床，身子还是千斤重，挪不动。老五长年在外做小工头，只晓得黄历是老的，不知道村人起居习惯早变了，老的小的都贪个懒觉。太阳已露脸，楼下还见不着村人，老五急了，在楼板上招呼老婆儿子去巷子喊几声，发动发动，这大喜的事，得有人捧场。大儿子被他在工地上吆喝惯了，应声就进了巷子。小儿子在县城做小学教师，本来是被老五硬抓的差，咧着涂满牙膏沫的嘴不耐烦地说，知道了，别大声嚷嚷行不行？

这儿子读书迷了心窍，上梁事小，测民意事大，他不知道老爸梁老五是个有追求的人，梁老五的奋斗目标是竞选下一届村主任。

其实有人今天起得比老五还早，隔壁的大凤，老五上楼梯的脚步声响起，大凤就打开自己家的院子门。大凤几乎是村里每天起得最早的人，她是送孩子去上小学，这女子有点怪，人家把孩子放村小，她把孩子弄去了镇小，离村子七八里，大冷的天她早晚接送，风风雨雨也不嫌累。就算是镇小的老师水平真高一茬，也犯不着大人小孩受那么多苦。老五没弄懂的还有一件事，这事存在心里许多年了。老五和家宝住隔壁，家宝是大凤的男人，大凤刚嫁过来时，就与别的小媳妇不同，闲时在院子里捧一本书，斯文，样子却不雅，把脸贴在书上像鸡啄米一样近，她不难受，看她的人难受，去城里配副近视眼镜才几个钱？抠。但她夜里却不斯文，弄那事的时候一声追一声，老五被那浪叫折腾得烈火焚身。女人长得好看，你眼一合上，忘了。女人生得狐媚，你念头闪一闪，也过去了。但女人半夜发出的那叫声长了钩带了爪，是男人你听见一回就扯不下了，扯不下，老五就生了心。村里巷子本来窄，老屋基上起的楼更是把巷子挤成了“一线天”，窄有窄的妙处，男人女人遇见了错身，如果男人中意女人，那手就不老实了。只是手贱，就摸一下屁股捏一把奶子，把握好分寸，皆大欢喜各走各的路了。女人不中意你，你点到即止，不弄痛人家，最多挨一声骂，她也不真生气，下回见你就主动避了。女人有心，就会和你在巷子里接连撞见，冤家路窄，心急的干脆寻个僻静的墙角做在了一处。老五挑最窄的巷子撞见了大凤。老五出手快，大凤出手更快，老五手还没抽回，脸上已挨了耳光。老五不知道大凤念书时喜欢打乒乓，打乒乓讲究短平快，拉大弧看上去架势大，优美，但不实用。老师说，反抽时手不必高过鼻尖，速度就是力量，大凤记住了，没想到若干年后抽人也能用上。老五捂着脸，看着大凤的背影在拐角处消失，老子看得上你才摸你一把，还把自己当菩萨了？他把一口恶气咽进肚里。老五家在村里是大族，人多势众，但这事搁不上台面。老五忍了好多年,借这一回盖楼把这口气吐出来了。

老五起地基时贴着家宝的院墙，二楼开始，阳台就欺了家宝家领空一米五。家宝没吭声，他女人没吭声，让老五得意的是村里能说得上话的没一个吭声。这说明什么，说明梁老五在村里是人物，没人肯得罪他，说明下一届竞选村主任有戏，在乡下，拉选票有的靠利诱，有的还得靠威势。

小帆一行人乘四辆出租车到达村口时，惹眼的红绿车身给乡野增添了几分喜气。天冷，尘土都抱紧了路面，不像夏天，拖网一般拖起的灰尘遮天蔽日，车身都看不到囫囵个儿。车上下来的一行人全是戴着制服帽，穿着藏青色过膝大衣，手都插在大衣口袋，进了朝他家来的巷子。老五在城里见过世面，不是来贺喜的亲戚，像是黑社会，港台片里打打杀杀的角色。老五在城里可没得罪谁，乡下人，人生地不熟没那胆子，硬着头皮迎上去，递烟，让茶，正要打听什么来路，家宝的女人说话了。家宝的女人站在院子里晒白菜，她站在凳子上，扶着白菜一棵棵依次倒骑在绳子上，她说，梁老板，这是我弟弟，专程来贺您家新屋落成，上梁大吉。老五看领头那小子脸面，与家宝女人确实有几分相像。老五说，客气了客气了。那小子说，不客气，耽误您片刻，借我姐那屋里说个话。老五随着他进了大凤家屋里，大凤在，家宝也在，茶在瓷杯里泡好了，盖子罩着，烟在桌面上搁着，中华牌，显然是想演一回“鸿门宴”。老五心里冷笑，好你个家宝，咬人的狗不叫。眼光扫过去，家宝怯怯地躲了，这软货也没这等胆子，想必是大凤这阴险女人使的这招。老五说，不就是我的阳台占了你家的净空，你们早点说一声，我砸了就是，也犯不着闹出这么大动静。

大凤递上烟，又划着火，替他点上，啪的一口吹灭，说，那不成，要是把这弄好的阳台砸了，就等于在这村里把你梁老板的脸砸了，远亲不如近邻，我们做不出这种事。老五猛吸了一口烟，说，那就报个价，你们觉得我该赔多少我不说二话。大凤说，这个“赔”字传出去不好听，有失梁老板体面。老五将大半截烟往地上一扔，用鞋底碾成了粉末，说，这么说，家宝家的，你弄这么多人来就是要砸我的场子，在我上梁的吉日见血见肉了？大凤说，梁老板，你想岔道了，我说过，他们是来给您贺喜的，这十几个人中十二生肖一个不缺，专门为上梁请来的。我只是觉得，梁老板这新楼气派高档，却少了一点什么。老五不知道这女人葫芦里卖什么药，不说话只往下听。缺什么呢，缺一个花园。从前的大户人家，有前花园后花园。现在城里人买的别墅，跟我们农村里的小楼房也没什么大不同，只是多了个花园。你家这高楼大厦，如果配一个花园，是不是更风光洋气？老五明白了，这女人是想把房子卖给他，拆了做他家的花园。这想法当然不错，是这个事理，若是早先两家坐下协商，梁老五乐意。可是现在这阵势，十几个“黑社会”兵临城下，还能有什么好商量，签下的也只能是不平等条约，城下之盟。梁老五说，你讲的那些都是有条件讲究享受的人家，我粗人一个，在家务农，出门打工。老了有个墙根靠着晒太阳就行，用不着那花花草草的院子。大凤替他茶杯里续水，说，你不必把话说死，我知道，你就是怕我们讹你。你要是有心，我报个价你盘算一下，三万整，瓦房灶屋连同院子。老五心里一愣，这真是白菜价了。老五说，好端端的房子院子，都说故土难离，你们在别处找到金山银山了？大凤说，我们户口还在这村里，隔三岔五还要回来看老两口，人离了根没离。你要是觉得这价高了，你说话。老五沉吟了一会儿，说，价格是不高，嫌高就太不厚道，这么说，你两口子是铁了心要把这房子卖给我。

大凤掏出了两张打印纸，一个模样，是拟好的合同，还有一个印泥盒。大凤推到家宝面前，家宝签了两次字，又摁了两次手印。老五发现，做主的是大凤，做场面都是家宝。谈到现在，一张四方桌，老五、家宝和小帆各坐了一面，还空着一面，大凤偏偏不落座，只是立在老五和家宝之间侍候。这女人把女人做到了顶峰，有这样的女人，阿斗都能扶得起。老五取了笔，大凤说，梁老板不急，我还有一事相求，就是，我们卖房是去县城谋生计，别的事都有打算，有一事犯难。我儿子清华得跟我们转学到县城，想来想去，只有你和你家梁老师有能耐帮我们办成。老五用指头敲了几下桌面，说，话说到这份儿上，我都成全了你们。当年小儿子进第三小学当老师，老五是花了钱打点校长的，把走过的门路再走一遍不算难事，至于花费，就当作这房子开价高了三五千，有在其中了。

老五签了字，还好，离八点八分还有十几分钟。老五起身，小帆领着人也过去凑热闹，轰轰烈烈的爆竹响过后，木匠的大斧朝榫头敲一下，嘴里念一句，然后抛下各色糕点糖果，还有盒烟纸币，色彩缤纷，不少都落进了大凤这边的院子里。

家宝和大凤坐在桌前没去抢喜，听得两位木匠师傅一唱一和。

左边的唱：

手拿发锤四角方，鲁班许我上正梁；
金龙登位紫薇到，紫薇令我打发锤。
一打金鸡叫，二打龙头抬，三打中状元，
四打大发财，五打五子登科，六打事事顺，

七打娶新娘，八打八仙到，九打寿星笑，十打主家大富贵。

右边的和：

我拿团子白如玉，鲁班令我敬龙珠。
东南西北我不撒，先敬主家万年柱。
亲朋贵宾头张望，财源福气满家降。
团子落地滚元宝，四邻八舍都来抢。
小伙抢到配鸳鸯，姑娘抢到配情郎。
中年抢到富贵长，老人抢到寿无疆。
读书人抢到下笔如有神，高中状元郎。
种田人抢到一粒种下地，万担粮归仓。
十二生肖聚一堂，主家福禄万年长。
撒了团子撒喜糖，一本万利钱财旺。

泪水在大凤脸上滑落，家宝伸手去抹，大凤一把打开，说，咱也去抢份喜，他梁家喜庆，我们家也从此大吉。

小帆来告别的时候，大凤给他口袋塞了二十张老人头。一人一百，余下的算租车和租衣服的钱。小帆说，你这钱可是砸锅卖铁的钱，我不能拿，还是让兄弟们卖我个面子算了。大凤说，拿着，余下的请他们吃个饭。在外面混生活。为难别人不如为难自己，抠门就像自家养的一条狗，宁愿让它咬自己，也不能让它咬亲友，要不，就没人肯上你家的门了。

梁老五说话算话，真的办妥了清华转学的事。大凤心里悬着的一块石头落了地，看来，梁亚民这小伙子在三小很有人缘，这才进去教了几年书，就能办成这么大的事了。这事在大凤眼里是顶天的大事。只是大凤不知道，要说有面子是梁老五有面子，说到底是人民币的面子，与小梁老师无关。开学不久，大凤去三小找过一回小梁老师，清华插班后坐在教室后排，个子小，黑板只看得见上半边，可小学老师女的多，写字基本上只够得着下半边。大凤想请小梁老师跟班主任打个招呼，把清华移到前排去。

第三小学在县城八九所小学中属于上游，是一所新建小学，设在新区。大凤说是学生家长，门卫不让进。大凤说是找梁亚民老师，门卫让她填了单子，还指给她看梁老师办公室是西楼东三。大凤走进校园，学生们都在教室里上课。教学楼是新的，操场是新的，草坪是新的，她抬起头，秋天的天空也像是新的。阳光晒在她身上，她全身温暖，温暖得泪水要从眼眶里溢出来。儿子能在这样的环境读书，她和家宝的所有付出都值了，她的梦想就是让儿子能在这样美好的校园读书，不只是读一流小学，还要读一流的中学大学。大凤找到小梁老师的办公室，一位女教师指着一处空座位说，梁老师负责搞竞赛，他不用坐班，一般都在宿舍里。梁亚民真的就在宿舍，他开了门，把着，警觉地说，你是谁？大凤嫁到家宝村里的时间不算短，只是梁亚民一直在外面读书，跟这位邻居见面不多。大凤自我介绍一番，小梁老师才放她进门。也难怪他不让进门，这房间那脏乱，实在见不得外人，大凤拣了一块空处站了，小梁老师自顾坐到办公桌前，不说倒水，也不招呼她坐。大凤见过很多小学男教师，他们头发一丝不乱，衣着干净整齐，你细心一点，还会发现他们说话表情丰富，口型和动作都有几分夸张，那都是长期和小朋友互动的职业习惯。但这些在小梁老师身上都不存在，他脸上几乎没有表情，眼光似乎要越过大凤的头顶，直射到墙壁后的天空。天还不算凉，他在衬衣上已加了毛衣背心，领口和袖口扣得严实，只是沿口都已脏得发黑。大凤以前也见过这个小伙子，并不惹眼。或许，这就像一棵奇异的花草，长在田野上任何一个角落，都引不起人注意。倘若它长在塑料大棚里，长在都是一样高矮一样绿油油的青菜垄上，它就怪异得醒目。大凤直接说了自己的请求，并将准备的一篮水果放在桌上。小梁老师说，这点东西不够。大凤脸一下子红了，像是那句话打中了她的脸。小梁老师说，真的不够，换个座位，至少得送班主任一条南京烟，黄南京，两百块一条。大凤听明白了，说这水果是给你梁老师带的。班主任那烟，我明天一准送来。大凤想不到小梁老师这么直接，转弯抹角都不带。小梁老师说，那你可以走了。小梁老师拉开门，像是送一个被谈话的学生，大凤窘迫地告辞。出门前她瞥了一眼小梁老师拉门的手，只一眼，就谅解了这位怪异的小学老师。

他的手腕处长着硬币大小的白斑，像是地图中海面上浮起的几处礁岛，那袖口的深处，说不定已连缀成陆地。

别人不懂，大凤懂。大凤在第三次高考受挫后，她爸还是坚持要送她去复习班。有一天早晨梳妆，她先是发现头皮掉了铜钱大的一块头发，接着发现手背上出现了星点的白斑，她吓坏了。头皮可以用长发遮住，手上的白斑太抢眼，大凤以为是患了白癜风，她在绝望中用指甲剔，用铅笔刀刮。就是那些日子，村里有人在背后传说，大凤大学没考上，人却疯了。她爸发现，领她去县医院看病。医生说，是压力大情绪紧张闹的，压力解除就会痊愈。这小梁老师肯定也是遇上了什么压力，大凤当时想，小伙子可能恋爱闹的。现在看，十有八九是因为小学奥数赛，评价一所高中考得好不好，是看它每年考上北大清华的人数。评价一所小学办得好不好，那就看你的小学奥数赛有几人能在市里获一等奖，也就是说有几个毕业生能破格进入一初中。这事其实没有条文规定，但老百姓眼里那杆秤是这样衡量，上上下下的领导心里就是这么给学校和校长打分。最终这压力被校长无限放大，毫无疑问地落在竞赛老师头上。

小梁老师人虽有几分怪异，事情办得实实在在。南京烟送去的第三天，清华就如愿坐到了前排。在大凤心中，梁家父子就是儿子的命中贵人。大凤有几分惦念小梁老师，不知他可好，他那腕上的白斑有没有褪去？大凤本来就有心再去三小看一回小梁老师，现在正合适。

小梁老师在小教室给学生上课，教室只有二三十套桌椅，桌子椅子少，听课的学生更少，只有八九个人。大凤从窗外看进去，每个孩子的脸上都驮着眼镜，葵花向阳地朝着讲台。说起来清华也在上奥数，但那只是数学老师在年级上大课，家长群里的人打听好了，只有能进小梁老师的奥数课堂才是代表学校的选手。大凤盼望有一天清华也能坐进这课堂，那么多座位空着也是空着。这些孩子都是尖子生，是校长眼里的金豆子，大凤不敢影响他们，在走廊上折回楼梯处，等他们下课。没等几分钟，小梁老师就走出来了。大凤说，梁老师，下课了？梁亚民说，没有，我怕你等不及，让学生先做习题。大凤没想到这小梁老师还挺顾她的情面，就说了家长群那帮家长团购课的请求，人头费每次一百，大凤特意强调。小梁老师说，我也有事请求你，不，是我爸有事要请求你。大凤想不出她能帮上梁老五什么事。小梁老师低声说，我不答应，他还打了我一耳光。梁亚民说着，下意识用右手捂住了脸，他的右手戴了棉线手套，手套本色是灰色，粉笔粉快把它涂成白色。这年头小城的年轻人不时兴戴手套，况且是这种老土手套，他的左手并没有戴。小梁老师说，就是，就是我爸想请你在竞选村主任时回去一趟，将你家的票都投给他，就是下个星期天。大凤心里明白，梁老五是让儿子替他拉票。为这，他竟打了小梁老师一耳光，凭这条，他就不配当村主任。可是小梁老师是他儿子，不看僧面看佛面，说到底，大凤是为了自己儿子，选票的事与清华读一初中的大事比轻如鸿毛，或者说，轻如选票本身那张小纸片。大凤说，你告诉你爸，没问题，除了我家，隔壁村的三红家，全都投他的票。三红家虽在邻村，行政村划分却属于同一村。小梁老师说，那太谢谢你了，只是我这一张口，让你们庄严的一票不怎么庄严了。大凤说，我们是看梁老师的面子。梁亚民说，这样的话，我也答应你上课的事。为了感谢你，我不收你儿子的课时费。大凤缺钱，但大凤眼里有东西比钱更重要，大凤说，钱不要免，你受累多指导他，如果能把他带进竞赛队，我给你磕头都乐意。小梁老师将戴着手套的右手一挥，说，钱必须免，免了，我就替我爸把欠情还了。竞赛的事，得看你儿子的天分。

大凤离开三小的时候心情不错，出校门就打电话给三红，梁亚民应下了。三红说，她一定动员父亲母亲姐姐姐夫投梁老五的票，否则，就别想做她女儿的上人。大凤犹豫了一下，没告诉她小梁老师免除清华上课费的事，怕三红说她存私心。大凤对自己说，三红比你宽裕，她家的表叔数不清，没有大事也登门。

大凤将手机放进口袋时，一眼看见了手背上的疤痕，被唤醒了似的，尖利的剧痛从她手臂上传到全身，她不由得佝偻了身子，用左手压住伤疤。除了医生，很少有人知道，怎样才能剜去一块完整皮肉，大凤当年尝试着做到了，切口整齐，不及筋骨，血肉下是薄薄的白膜，血涌来前就只是瘆人的寡白。多年后大凤第一次吃荔枝，剥开荔枝皮她就尖叫一声扔了。大凤的呻吟声引起了路人的注意，她松开左手，阳光下的疤痕十分明显，大凤甩甩手，努力将浮现的幻觉丢开。

五

大凤上农贸市场买菜主要是买荤菜，隔几天才去一回。她出了菜场，手机响了，看一眼号码不熟，十有八九是推销家教和教辅书的人，大凤掐了。那些人神了，你一接电话，他就说，喂，您是清华的家长吧，唠叨半天，最后才露出庐山真面目。学校怎么就把家长的号码透露给了这些生意人，好多家长都说是被老师卖出去的，大凤不信，就是真有这回事大凤也不计较，才多大事，你掐了不接就完了，犯不上把老师得罪下。手机又响了，还是那号码，大凤这回接了。一个男声说，您好，我是大有公司四分部黄经理。大凤抬起头看看天，太阳像只淌蛋黄的鸡蛋饼挂着，梧桐树的枝头光秃秃，连一片树叶都没了。时间过得真快，一眨眼冬天就到了。黄经理说，您要的货有眉目了，我想与您见个面，确定下来。大凤说，谢谢您，听您方便。黄经理说，我此刻就在悦来茶座二楼，你偏一下脑袋，我就在临街的窗口。大凤看过去，真是那个黄经理在朝她摇晃手机。

小城人没有上茶馆喝早茶的习惯，一楼的桌椅都整齐排列着，大凤径直上了楼梯，二楼上也就只有黄经理一个客人。黄经理说，清华妈妈，是这样。大凤说，且慢，你叫我什么？黄经理说，清华妈妈，我还知道你是徐小帆的姐姐。大凤觉得这黄经理邪乎，简直比得上间谍特务。黄经理说，四分部业务的特殊性，决定了我们每笔生意都要细致深入。我们已经确认您是陈书记家的保姆，并在家政公司看过您的身份证复印件和登记材料。这与您在我们大有公司登记的表格稍有不同。我为了对上家负责，今天一早从陈书记家追踪到菜场，证实了这一点。大凤说，怎么了？我做保姆怎么了，保姆就不能和你做买卖？黄经理说，您别上火，先听我解释，四分部的业务第一条是保守客户秘密，认钱不认人。了解您的真实身份，没别的意思，只是想知道您对这笔生意的诚意。

大凤听出了黄经理的意思，她打量了一下自己，上身穿着一件旧式的滑雪衫，胳膊上两只袖套出门没顾上摘，下身是家宝留下的厚绒运动裤，裤脚太长向上挽了几道，脚上是双老棉鞋。与那天戴着眼镜喝冻顶乌龙茶的女客户确实不像同一个人。这家伙狗眼看人低，怀疑她是不是能掏得出买指标的钱。大凤窝了一肚子火。黄经理说，您误会我了，我相信您不是忽悠我们，全县六十万人口没有几个人敢拿本公司当儿戏，这一点我不说您也清楚，您弟弟徐小帆也是本公司资深客户经理，他一定提醒过您。我们做过调查，您有实力付出这笔钱。姓黄的喝了一口茶，说，您决定要做这笔生意，按规矩要先交一万元定金。

黄经理低头看着茶杯，大凤却觉得这家伙用刚才那番话把她的衣服一件一件剥下了，剥得她身上一丝不挂。她羞愤交加，说，黄经理放心，明天上午我过来交定金。

黄经理慢条斯理地说，清华妈妈，这定金交了就收不回了，您不妨再作商量。

大凤能和谁商量？这城市说大不大说小不小，没户口本儿你就是一外人。当年她为了拿到城市户口，高考成了她的攻城之战，连考五次，屡战屡败，成了乡人的笑柄。现在她人是进城了，但是她认识这城市，这城市不认识她。小帆是她的亲弟弟，可小帆不靠谱，能和他商量出什么结果。小时候，村西的坟地里常有女人哭坟，不是清明也不是七月鬼节，哭的女人不是死鬼的寡母就是死鬼的寡妇，一半是哭一半是诉，大凤常常和小伙伴去看稀奇，哭到伤心处，那些女人就在坟地里打滚，头发上衣襟上沾满草叶、苍耳和泥土，看的人累了就散了，哭的人累了还守着坟头捯气哽咽。大凤那时候只觉得那人可怜，现在想起来倒让她羡慕。她们毕竟还有个地儿可以号哭，毕竟还有个地儿可以打滚，遇事了，伤心了，抬腿就到了村西。大凤在这县城，想打个滚都没地儿，想哭喊都不敢放声。晚饭后，大凤把家宝揣在怀里，一步一步走下楼梯，不由自主走到御园小区。

家宝曾经是这小区地下车库的看守，出门打工，村里的男人要么在工地，要么做保安，家宝偏偏选择了看车库。家宝喜欢小汽车，一个农民工喜欢小车，这说出去不着调，就像叫花子说喜欢上皇帝的金龙椅，喜欢也只能心里喜欢。家宝没有把这喜欢挂在嘴上，但他买了不少时尚的汽车杂志，这种杂志贵，买一本杂志要花掉家宝十天半月的烟钱。和老婆儿子走在街上，每过去一辆小车，他盯一眼车标就能报出车牌。大凤不讥笑他，人活着就得有个趣味，有个念想，男人的孩子气，做女人的不能斩尽杀绝。看车库人空闲，工资低，家宝除了节省，还想办法搞点创收。全家进城后，家宝和大凤有个约定，卖房的钱加上这些年的积攒，除了给清华上学花费，一分钱都不能动。清华平时学习的花销，当然不算在其中。比如买教辅，比如上家教，还有这样那样学校的费用，算起来真是一笔不小的开支，家宝总有办法把这些窟窿抹平。家宝的地下车库有两百多个车位，停满时那车辆看上去威武雄壮，像是一个个穿甲戴盔的斗士。空闲时车库就像一个大足球场，在白炽灯映照下仿佛是电影场景。家宝说，这些小车进出看上去杂乱无章，其实各有规律。比如像日本款的丰田本田蒙迪欧和美国款的别克雪佛来等，车主一般早上七八点钟走，晚上六七点钟回，准时上下班。那些奥迪凌志和中低排量的奔驰宝马车主，大多是午饭前走，半夜回，这些人应酬多，生意人多。最牛逼的那些跑车型或者越野型奔驰宝马保时捷，多是昼伏夜出，往往十天半月玩失踪。御园小区是个高档小区，它就建在县城中心，闹中取静，左是商贸城，右是美食街。家宝感兴趣的是车，有人看中了商机，门卫的老张说，你那车位每天总有空着的，空着也是空着，我每天放几辆车进来停车，咱俩也能赚出份工资。这里属县城黄金地带，当初规划时，没想到突然有一天满大街全是车，现在停车就成了老大难，比找厕所还难。家宝挡不住诱惑，谁不喜欢钱呢，何况清华上学大大的缺钱。家宝摸索出了车位空位的时段，偶尔时间上撞车，向业主赔个笑脸，只说是亲友暂停蒙混过去。家宝另一个财源是洗车，当初洗第一辆车时还真没想到挣钱。车库新停了一辆卡宴，家宝在汽车杂志上见过它长的模样，现在真车就停在他眼前，他那份激动就像是粉丝见到了偶像。要知道，这县城有钱人不少，懂车的人不多，有钱人不是买奔驰就是买宝马，别的品牌再怎么大牌也白瞎。卡宴的车身有些脏，家宝用塑料桶拎了水，不敢用毛巾，杂志上说过一般的毛巾不宜擦车，他把车库里捡到的专用毛巾洗净，细细致致将车身擦了一遍。他贴着车玻璃，贪婪地看着驾驶台，嘴里嘟囔着这款车的一连串数据，恋恋不舍。其实，他没有驾照，不会开车，但这不妨碍他对车的迷恋。第二天，车主见了一尘不染的新车，赏了他一包大中华烟。家宝舍不得抽，到小店换了一整条绿南京。自此家宝晚上有了活干——洗车。家宝洗车不嫌贫爱富，只要看见车身脏了，不管高档车低档车，他都把它洗干净，有人大方，第二天会递盒烟。有人小气，装着没看见，家宝也不计较，本来车主就没请你洗车。水用多了，物业有意见，家宝给主任塞了烟，干脆在值班室的水管上装上水表，营私不舞弊。家宝还买了软皮水管、洗车液、喷雾水枪等，把洗车活儿干到专业水平，有车主干脆把洗车活儿包给他，直接给钱了。你可别小瞧这活儿，清华要交费，钱凑不够，家宝把各种香烟分分类，拎到小店，钱立马就有了。教师节春节送礼，大凤也不用犯难了，在小店将那些散烟换成整条烟，上老师家送礼，面子十足。

传达室的老张还在，见了大凤点点头，放她进了小区。大凤沿着车库的方向走，路面上的小车多了，排着队占掉了一半路面，估计是地下车库装不下了。大凤在花园的长凳上坐下来，对家宝说，到你的地盘来了。小区都是十一层的小高层，夜风寒，灯光暖，亮灯的窗户内，大多数人家都聚在客厅里看电视，偶尔，有热闹的嬉笑声跑进大凤的耳朵。家宝说这里是他的地盘，大凤笑话他，就算是你的，也是地下那块，这地盘属于那些住楼的业主，人家不是把小区叫作楼盘吗？在车库的进口处，有家宝的一间房，也就是五六个平方的值班室，是他的地盘。摆下一张床，这地盘就只够他一人转身。大凤来看他，他抱着大凤就要上床，说免得屁股撞屁股，不要流氓也是要流氓。大凤在这车库有过快乐时光。夏天的夜晚，大多数小车归位后，家宝开始劳作。天热，地下车库通风不畅，家宝喜欢赤膊，汗一出，就惹来一群群蚊子，咬得他东蹦西跳。大凤来了就帮他一把，大凤用水龙头冲,家宝负责擦拭。家宝说,灌个顶。大凤手一偏，水柱就隔着车身直扑家宝，砸得家宝的排骨身子啪啪作响，家宝却快乐得像嬉水的孩子，大声喊叫，来，再来。有一回活儿没干完，夜深了，家宝让大凤先歇，大凤不走，家宝拿起水龙头朝大凤身上射去。大凤一边跑，一边骂，家宝一边追，一边大笑。嬉闹声将偌大的车库填满了。住车库，夏天洗澡本来就只能冲个凉。大凤跑累了，撑在一辆越野车的引擎盖上喘气，湿漉漉的头发披下来遮住了脸，肩胛和前胸高是高低是低，波澜起伏。家宝扔了水管，绕到了大凤后面，水浇透了大凤的连衣裙，那一个前撑的动作，把大凤后背的凹凸都夸张了。家宝在后面抱住了她，大凤说别闹，我……话没说完卡住了，一根硬硬的枪管顶住了她的后臀。事后，家宝说，汽车杂志上的洋人都喜欢这样。家宝平时话不多，用三红的说法属“闷骚”型。卖房进城后，舍不得租房，一家三口在这值班室住过几个月。家宝单薄，摸上去是一把骨头，却贪那事。车库二十四小时敞开，哪怕三更四更，依然车进车出。值班室就紧贴进出口的斜坡，车子进出就像在头顶碾过，大凤睡不着，家宝说，累了人就能睡着。一翻身，就要让她受累。大凤忍不住嗓子，家宝说，放浪放浪，你别想那么多，放开才浪开了。大凤能忍就忍着，后来摸索到了诀窍，车进车出时你尽管喊，喊破天也没人听见。有一回半夜，有几台车的防盗警报铃声大作，恨不得把人耳膜刺穿。家宝说，坏了，你刚才那叫声超分贝了，把警报器惹响了。大凤信以为真，羞得往被窝里钻，家宝得意地大笑，她才晓得上了当。

大凤在寒风中想起那一幕幕泪水涟涟，她用手握着家宝，家宝在她手心暖烘烘的，他身子不会冷。

那天早晨大凤做了一个梦，梦见她坐在家宝开的车上，车明明停着，却突然向前蹿去，大凤喊“刹车”，家宝死死踩在刹车板上，车还是死命朝前开。大凤惊叫一声，醒了，吓出一声冷汗。那时他们已在外面租下了房，家宝说，车库吵，影响儿子学习。车进车出危险，别碰着撞着儿子。大凤说，奇怪，只见你洗车，没见过你开车，在梦里你怎么就敢开呢？家宝搂过她后背，轻轻拍着说，要不怎么说是做梦。你这几天坐公交是不是遇上过，明明你坐的车没动，对面有车交错而过，你看见自己坐的车开动了。老司机遇上这都会慌神，下意识踩刹车。大凤想了想，是有过这样的事，高中物理上叫“相对运动”。家宝上班的时候，总是换上旧皮鞋，那鞋旧得鞋底可以溜冰。进出车库的坡道上都是防滑齿，家宝说走进走出太耗鞋子，穿再好的新鞋子，那鞋底也受不了那防滑齿的啮咬，省下一双鞋钱，够儿子上两次家教。

事情就出在那双鞋上。那天有个冒失鬼进车库，方向盘打过了，向贴墙走的家宝撞去。家宝慌忙躲闪，脚下一滑，防滑齿没咬住他那光板子鞋底，他倒在车轮下，前后轮从他身子上碾过去。大凤赶到医院，家宝还剩一口气，家宝说，对不起了，大凤，没想到这么快，我就为咱家的伟大事业做、做最后贡献了。记住，钱最重要，能私了，就私了。他挣扎着对物业主任说，我是因公殉职，你要帮我老婆儿子办抚恤金，否则，我死了都不放过你。物业主任吓得白了脸，说我一定按政策向上面申报。家宝的最后一句话是，怎么就死在一辆普桑下，死在奔驰宝马轮下，我也甘心一点。大凤知道他不是说俏皮话，他是说如果肇事车主是有钱人，有可能赔偿款多一些。事实上赔偿金给了十五万，全给家宝父母拿走了，族里长辈出来说话，钱让老人保管安全，要不，儿媳妇改嫁钱就改姓了。物业公司也就付了殡葬费，家宝这样的农民工，别说投保，姓名都没上员工名册。火葬那天，工作人员喊亲属进去盛骨灰，大凤捧着骨灰盒进了工作间，工作人员左手拎着一个长柄铁簸箕，右手拎着一柄铸铁方锤，当着大凤的面，将铁簸箕里残剩的骨头捶碎，以便装进骨灰盒。大凤叫一声慢，揣了一块长条形的骨头在口袋，烫得手钻心痛也不敢放手，怕摔碎了它。她知道，家宝的骨灰盒她也留不住，公公婆婆会把他葬进祖坟。

那是家宝的下颌骨，家宝枕着大凤睡的时候喜欢让大凤摸着这里，有时候大凤的鼻息弄得他脖子窝痒痒的，他就不由自主地摆摆下巴。现在它就是家宝，大凤不敢把它放在家里，怕吓着儿子。据说死人不能见阳光，大凤把它藏在楼顶的阴凉处，用绸布和油纸裹着，只有遇事拿主意，或者实在思念他时，才在夜晚把它捂在怀里。少了一个说话的人，没少那个听她说话的人。

大凤说，家宝，你说明天那一万块定金交不交呢？交，到时候你得帮我，托梦给你父母说那十万块钱是为清华买指标的，是为了我俩商定的大计。我不怕大有四分部的人，光脚的不怕穿鞋的，大不了他们要了我的命，我早点来陪你。可清华咋办，我们的大计就成了泡影。

家宝不说话，大凤也知道他支持她去交。

大凤走出小区，大街上依然灯火璀璨，小城越来越向大城市靠拢，人们热衷于过夜生活，商家当然热烈响应。男男女女从大凤身边走过，霓虹灯恨不得将每个人都卷入梦幻的漩涡。热闹是他们的，灯红酒绿也是他们的，大凤捂紧家宝，疾步往回走。清华一人在家做作业，这个世界牵扯她神经的就是儿子，儿子才是她的温暖。手机在口袋里响了，又是一个陌生号码，大凤和家宝在一起的时候不愿被人打扰，她掐了。手机却顽强地再一次响了，接通，对方说，我是老罗。大凤一时想不起来认识什么老罗，说你找谁呢？那人急了，我是一初中食堂的老罗。大凤说原来是罗大厨，心里笑话这胖子，你说是三红家遇见的那个老罗不就明白了，心虚。罗大厨说，你托我的事我帮你问了，食堂正招人，我们主任让你这几天就过来面试。大凤连声道谢，收了电话。大凤说，家宝，你说去还是不去？家宝从来不替大凤拿主意，现在也是。大凤只需要一个听她说话的人。去，当然去，不入虎穴焉得虎子，这话听上去夸张，至少，近水楼台挨月亮近一点，哪怕是水中月亮也该捞一把试试。大凤觉得腿上有了力气，天再冷，你只要一直走，身体也能走热了。手机又响了，还是老罗，老罗说你没病吧？这话太突兀，除非是打情骂俏。大凤想回一句你才有病，那又过于凶狠，把老罗得罪下了。大凤听他的下文，老罗说，是这样，我们食堂员工必须办一张卫生健康证明，得先去医院体检。你要是有病，我医院有熟人。大凤听明白了，说，放心，没病。

大凤老觉得背后有双眼睛在跟着她，她猛回头，没有。走几步再回头，还是没有。大凤心里笑自己，你还真把自己当个人物了。大凤了解过，医学上这叫“强迫症”。我有没有病？大凤觉得真说不定。从高考复习到现在，不时有人背后说她有病。这回辞掉保姆去食堂打工，工资眼看着就少了一半，有人知道了没准又说她脑子有病。大凤说，家宝，只要你认定我没病，我就走自己的路，坚持到底。

老陈书记后来说过，如果大凤有病，病不在大凤。

六

有人说再怎么金碧辉煌的酒店，你也不能进它的后厨，见识过了，你对山珍海味立即没了胃口。但是一初中的食堂真不是这么回事，罗大厨领着大凤进了厨房，大凤从更衣室出来就换了模样，白帽白衣，还有一枚胸牌，上面有姓名、工号、工种，罗大厨向人们一一介绍，徐师傅，新来的徐师傅。名正言顺，不像“阿姨”听起来那样说不清道不明。罗大厨领着她参观了粗加工间、荤菜加工间、蔬菜加工间、切配间，接着是面点间、蒸饭间、烹调间，最后是餐厅备餐间。大凤想不到食堂有这么多讲究，这里所有的工作间都一个样，白瓷砖贴的墙，白地砖铺的地，锅勺灶盆是不锈钢制品，橱柜灶台是不锈钢制品，甚至连那一排连体的排油烟机，都闪着精钢本色的寒光。这得花多少钱才能置办下，大凤心里感叹，一初中就是一初中，连食堂都如此高端上档次。老罗说，前不久才整成的，乡下一所中学的学生集体中毒，没死人，校长也丢了乌纱帽。这下我们周老板重视了，对食堂投钱，反正一初中不差钱。老罗说的周老板是一初中的周校长，大凤觉得老罗粗鲁，满大街的人都称老板，阿猫阿狗都称老总，一初中的校长全县只有一个，岂是那些人能比的？大凤错怪了老罗，大凤后来偶尔看见周校长，老师们都当面喊他“周老板”，校长笑嘻嘻应着，春风拂面。大凤的岗位在蔬菜加工间，说白了就是拾掇蔬菜，开饭时，所有人都到窗口去卖饭卖菜。

从食堂大厅贴出的公示栏看，罗大厨还真是大厨，有三级厨师证。大凤打听过了，这食堂只有两个人是正式工，叫在编人员，一个是总厨，一个是会计，其他人都是临时工，罗大厨临时了快十年还临时着。这很重要，按惯例，在编人员子女可以无条件读一初中，罗大厨不在乎，他没有子女，连老婆也没有。但是，大凤眼里这才是根本区别，比多挣钱少挣钱重要。应该说这是份不错的临时工，一日三餐不要钱，并且可以放开肚皮吃，大凤明白了男女同事都腆着肚子的原因，不吃白不吃嘛。除了吃，还可以带，当然得象征性付一块钱，晚上的剩菜剩饭倒掉可惜，便宜处理给员工符合节约原则，类似于面包店下午五点后的打折。其实哪里是剩菜剩饭，饭菜刚出了锅，各人就拿出自带的饭盒，拣大荤往里面装。这样一来，清华第二天的饭菜都有了。算起来，比在陈书记家还是吃亏，比原来的最坏打算要好。开饭的时候，大凤的窗口是卖菜，铃声一响，学生们就拥向食堂，一初中的学生都穿统一的校服，从服装上分不出家境好坏，据说讲究都在鞋子上，富家子弟一双球鞋就是几千。大凤看到男生就想起儿子，都是吃肉的年龄，她手一沉量就加了。老罗说，大凤，你看你窗口排队的全是男生，这些小公鸡都冲美女来的。大凤说，罗大厨，都是孩子，怎么会跟你一样满脑子坏水。老罗说，孩子？现在的孩子懂事早，你没听到吗？学校搞评教打分，每个年级均分最高的都是美女教师，把长得矬的女教师都气哭了。老罗有事没事都在大凤周围转悠，一个大厨应该沿着锅台转，谁都看出他的心思，大凤心里明白，她欠下老罗的人情了。大凤得给老罗一个说法，大凤买了两瓶酒拎到食堂，老罗下班后喜欢喝两杯，大凤趁他和几位大厨开喝时，把两瓶酒放到桌面上，说，我请客，一直想感谢罗大哥的关照，今天是个机会。第二天，老罗板着脸把酒钱硬塞给了大凤，说，那酒不喝，扫了你的面子。这酒钱不收，跌了我一个大男人的脸。大凤说，这是我的一点心意。老罗说，哪有你这样送礼的？分明是在大伙面前拿我开涮。有心送礼，就送上我的门，莫非是怕我吃了你不成。

大凤真不敢，大凤不想随随便便把自己当份大礼送上老罗的门。

这饭厅当初设计也分了甲乙丙丁，一楼是学生食堂，二楼是教师食堂，三楼是小灶和包间，三楼专供八位校长书记用餐和待客用。一楼是挤得密密麻麻的条凳长桌，二楼则宽松地摆放了几十张圆桌，到了三楼都做了分隔，校级领导各有各的用餐包间。大凤觉得这些人就是吃餐饭，也一定分出三六九等来，有几分好笑。这让她想起中秋节前店里卖的月饼，最便宜是散装货，胡乱堆着。中等价格是简装，用塑料袋或纸盒包装。高档的是礼盒，外包装用精美的木箱或者铁匣，里面是塑料隔断和丝绸铺垫，打开来，也就一个窝里趴着一只月饼，就像这豪装的包间只坐了一个校长。但大凤笑不起来，大凤有自己的心事，一初中的门她是进了，可是近水楼台是在楼台上，她现在还在底层，她只有上楼，哪怕是先上了二楼，才能见到月亮。大凤不能在一楼耽误太多时光，光着急也没用。她在这楼上楼下举目无亲，要说依靠只能依靠罗胖子。

大凤打电话给三红，小梁老师打电话说，最近俩孩子挺争气，选拔进竞赛小组了。三红说，这梁老五家的老二倒也义气，咱给他爹投票没白投。大凤说，三红，别在孩子面前说这话，为啥就不能说是这俩孩子真优秀？大凤细想，清华最近一段时间表现是优秀了。按惯例，清华的语数外练习是错一罚三，考试则是错一罚十，错一是错一道题，罚是罚三套或十套试卷，反正书店里堆满了试卷，大凤每个学期都挑选一些买下，以备清华罚做，有空闲的话，她自己也主动陪清华做题目。清华最近练习和考试都是全优和满分，没受罚。看他用完的草稿纸，可以看出这小子在奥数上确实没少用功。言归正传，大凤说，那罗大厨最近是不是还常过来当表叔？三红说，我都几个月没见他人影了，怕是被狐狸精勾引走了。再说，现在你找他还用得着来我这里？你俩抬头不见低头见。又来了，大凤明白，三红这话里夹枪带棒是冲她大凤来的。大凤赶紧告饶。三红嘴硬心软，最后说，你真有什么事求老罗，我真帮不上了。我跟他，一个卖一个买，连露水夫妻都算不上。

大凤要听的就是三红嘴里吐出的这句话，如果现在三红对老罗抱有什么打算，大凤还真不好下手。

那天晚上是罗大厨值班，大凤下班后做了一番梳洗打扮，又回了食堂。大凤说把手机落在工作间了，老罗陪着她转了一圈没找着。大凤貌似找手机，眼角却观察着身后的老罗，老罗盯着她的后颈，气越喘越粗，酒气熏得大凤不敢回头。在劫难逃，何况是你主动送上门。老罗在背后双手一搂，把大凤的身子拔起，横着放到了工作台上。这桌面既冰冷又油腻，大凤象征性挣扎了两下，看状况，老罗已经顾不上更换场地。老罗山一般屹立在她正面，工作服、棉袄、羊毛衫像大鸟一样张翅从她眼前飞过，接下来，外裤羊毛裤短裤像潮水一样褪下，水落石出，露出气势磅礴的肚腩。再往下看，山高月小，那里并不与老罗的大身坯相称。大冷的天，老罗剥光了自己，又来解大凤的衣服。大凤说，慢。大凤从口袋里掏出一只避孕套，老罗愣了一下，欢天喜地接下了。这女人分明是愿意配合这工作台上的工作，老罗乐得照单全收，按章行事。

老罗完了事，大凤仰躺在工作台上，老罗捡起她的衣裳裹住她，又捡了自己的棉袄盖住她身子。大凤打开他的手，她的手冰凉，身下冰凉，脸上冰凉。大凤抬手擦了一下脸，脸颊上全是泪水。老罗摸不清这女人的心思，有了后怕，说，你别哭，你要我做什么我都答应你。大凤坐起来，越想哭得越伤心。他真要能做什么，她吊死在这棵树上倒也无忧。可悲的是这个男人要什么没什么，连做嫖客都在三红眼里排不上队，大凤却把自己作践成一盘小菜，乖乖地送到他嘴边。她徐大凤连婊子都不如。

大凤从学校回家的路上有些恍惚，走路一脚轻一脚重，但是总觉得后面有人跟着她，爱谁跟就谁跟，要钱没有，要命拿去。都已经这样了，谁还能把我怎么着。大凤懒得回头，儿子在家，不能让儿子等得太久。

大凤调到了二楼窗口给老师打菜。老罗说，三楼不设卖饭菜的窗口，服务员是几位漂亮小妹，没结婚的。调你到三楼，我实在搞不定这事。大凤知道他一个大厨顶多就这点能量，好歹二楼总比一楼机遇多些。可笑这老罗总还想着跟她再成好事，大凤哪里还肯与他纠缠，有多远躲多远。一个月后，老罗又回到了三红的床上，他跟三红这样说大凤，就她那样？简直僵成了木头人，我在五花肉上划个口子搂着，也比搂着她像回事。

七

走进老陈书记的院子时，大凤觉得像是隔了多少年的感觉，其实才离开几个月。这院里的菜地明显萧条了，除了几垄霜打后的卷心菜还残留着绿意，那些给豇豆和丝瓜搭的竹竿架子戳在地里，夏天的盛装已褪下，枯藤黄叶和瘦竹在寒风中相依为命。除了季节更替的原因，那就是说明菜园的主人明显懈怠了。老陈书记坐在门前的藤椅上，天寒，椅子里衬垫了他的旧大衣，椅背上一只空袖管耷拉下来，使旧藤椅莫名增加了一种颓败的意图。阳光很好，椅子正放在小楼的L形内角，背风，他舒服地在阳光里睡着了，一缕精心培育的长发不守纪律地溜下了额头，搭在他的鼻梁上。大凤怕惊醒他，脚步放轻了，没想到水泥地上几只鸽子腾空而起，翅膀扑棱的声音让大凤一惊，也把老陈书记惊醒了。老陈书记有几分不好意思，慌忙将头发捋上脑后，站起身一抬脚，不小心将盛玉米的搪瓷碗碰翻了。老陈书记说，你来了。似乎大凤还是每天来这里做工，从没中断过。大凤说，你什么时候养上鸽子了，看这地上脏的。走近了看，地面上许多星星点点泛白的鸽粪。老陈书记恢复了精神，说，允许你放我的鸽子，就不允许我养鸽子？这话说得冲了，有怨，有愤，还有委屈和任性。老陈书记又补充了一句，这院子里总要有点活物的声音。

屋内那些熟悉的家具让大凤有了久违的亲切感，阳光侧照，家具上积攒的灰尘尤其惹眼，大凤撸起袖子要打扫，老陈书记说，别，今天你是我的客人，不是我请的阿姨。老陈书记把大凤请进了书房，老陈书记说，大凤，我一直想知道，你为什么辞工去了一初中食堂？这让大凤怎么回答呢。上次辞工的时候，他就责问她，声音愤怒得发颤。老陈书记说，我打听了，工资只有我这里的一半。大凤叹息了一声，老陈书记惴惴地说，是怕我为难你？大凤知道他说的“为难”是指什么，大凤摇摇头。有一回是秋天，老爷子在书房剪报，每天读完报刊他必做的功课，剪刀不响那把老藤椅吱喳乱响，大凤倚门一看，老爷子在椅背上蹭痒痒，这让大凤想起乡下在树干上蹭痒的水牛，不禁掩嘴而笑。老爷子闻声回头说，快，大凤帮我。秋燥，年纪大的人背上就痒痒，大凤在乡下也帮老人挠过背。这里，那里，大凤的指甲长短适中，老陈书记像一头在泥坑中打过滚的猪，舒服得直哼哼。这里，这里，大凤找不着位置，老爷子的手从自己后腰上绕上来，抓住了她的手。哪里？上还是下？老爷子仿佛睡着了，握住大凤手的手掌，温度和力度却渐渐加大了。这真是一个高难度动作，他也不怕扯歪了老筋骨。大凤挣一下，那手掌捏得更紧，汗衫下两只手的斗争，让大凤联想到被窝里男人女人的纠缠。大凤生气了，手往上一提，老爷子胳膊够不上，手松了。从此他再不敢提让大凤挠背的事。第二回是在午休时候，老爷子的卧室在楼上，午睡前都是大凤铺好被褥，老爷子躺进去，眼巴巴地看着大凤，像是小时候不肯睡的清华，要求妈妈再讲一个故事。大凤敌不住那眼神，慌忙撤退。有时候累了，大凤也趁他午睡时在沙发上小憩。那次是大凤半梦半醒之间，觉得有手在抚摸自己的脸，她知道是谁，她装作无意识地扭动了一下脑袋，那手一下子挪开了。人却没有走开，老男人特有的异味还挡着大凤的鼻息。迟疑片刻，那只手又握住了大凤的手，耐心地搓揉，像是孩子把玩一件玩具。大凤不想继续装下去，把手抽了出来，老爷子干咳了两下，说，你的手指甲要剪了。这回是老爷子落荒而走。自此，大凤也不小睡，没事做就一个人上街溜达溜达。大凤没把老爷子的骚扰当大事，做保姆的受到男主人欺负不稀奇。对面的仕家保姆跟大凤年龄差不多，服侍一个瘫痪老大爷。她告诉大凤，那老家伙每天晚上都要咂摸一把她的奶头才肯入睡。大凤说这怎么可以。她说，这世道还有什么不可以，老话说，结婚之前女人的奶子是金奶子，结婚之后就是银奶子，生了孩子就成了狗奶子，都狗奶子了就当作被老狗舔一口罢了。相比之下，老陈书记毕竟受党的教育多年，那点骚扰连“性骚扰”都算不上。倘若他真是个老不正经，其实当初家政公司也暗地里介绍那种陪睡保姆，工资高出几倍，他老陈书记又不是付不起。就算害怕小陈书记，他也可以放下身段，去三红那样的地方做“表叔”，何苦把居家的日子弄得鸡犬不宁？怎么说呢，老陈书记一个当书记多年的人，失方寸也只是偶尔，大凤守住自己就起不了风波。

大凤说，我有我的难处，还真不知道该从哪里说起。

大凤的爷爷徐秀才并不是真的考中过秀才，他生在民国，科举功名早就取缔。他只读了几年私塾，塾师倒是清末的秀才。在那时代的农村，认得几个字，能拨拉算盘珠子，都统称为秀才。徐秀才家境富裕，解放后成分被定为富农，天塌下来有高个子顶着，村里有五六户地主，每次批斗大会地主首当其冲，徐秀才偶尔出场陪斗。徐秀才在村里人缘不错，村人写家书写对联都用得着他，没人故意为难他。徐秀才冷眼看世道，把希望放在在县高中读书的儿子身上。想不到“文革”一到，高考制度取消，儿子只能回乡务农。世道沧桑，徐秀才只认一个道理，万般皆下品，唯有读书高。改革开放，村人纷纷进城打工或做商贩，徐秀才拦住儿子，父子潜心种田，理由是钱赚了，如果影响孩子们读书，等于赔了孩子前程，还是划不来。徐家的大门上贴的春联是，耕读传家躬行久，诗书继世雅韵长。这两排字或楷或隶或行书，内容从来不变，徐大凤最早认字就是从这春联开始。等到徐大凤读高中，徐小帆读初中，高考制度早已恢复，徐秀才憋足了劲儿，认定徐家振兴在此正道。可惜爷爷憋足了劲有力使不上，一遍遍的谆谆教导反使大凤压力倍增。徐大凤平时学习优秀，班级排名基本不落前五，可高考却名落孙山，成绩在班上排二十以外。老师说大凤心理素质弱，考场发挥差。老爷子安慰孙女，咱复习，继续考，苏老泉考进士连考二十年呢。第二年第三年高考，大凤的成绩离分数线不是差三分就是差五分，老爷子每年还是用苏老泉做榜样鼓励孙女。第三年考完，大凤身心都垮了，头上斑秃，手上白斑，自残事件闹得沸沸扬扬，医生诊断是高考压力闹的。母亲说咱不考了，一个姑娘，你们徐家还指望她撑天立地？可母亲说了不算，爷爷不发话，爷爷在这个家一言九鼎。大凤恢复了一阵子，爷爷又哄她进了复习班的教室。大凤第五次高考，徐小帆高中毕业也作为应届生进考场了。徐秀才有所不知，苏老泉应试屡考不第，一直到两个儿子苏轼苏澈都金榜题名他还是不第。史传苏老泉连考十九年，至死未第。徐秀才树立的榜样暗示了大凤的命运，姐弟同考，小帆考上了，大凤第五度落榜。小帆考上也是时逢这一年高校扩招，大幅度降分，大幅度收费，小帆录取在一所大专，学费要十多万。爷爷继续用苏老泉安慰孙女和孙子，俩人复习再考。那些年农村中学考个三年五年的人不少，有考生连考八年终于考取，俗称“八年抗战”。大凤可以考下去，问题是你想考，政府不让你考了，省教育厅高考改革，下一年度将高考分两步走，高二小高考，高三大高考。复习生没有小高考成绩，等于是被拒之门外了。大凤终于得解放，苏老泉的阴魂可以早日滚回他的墓穴了。

徐秀才精神一下子崩溃，他在病床上拍着桌子大骂，我们农村人浇块水泥地，还担心挡了地下生灵的路，行个烧香祷告仪式。一省几十万复习生，高考是农村孩子的唯一出路，他说断就把路断了，老天有眼，他们迟早要遭报应。决策的官员远在省城，徐秀才的骂声他们当然听不到。骂过之后，当务之急是凑钱给小帆交学费，十多万对种田的农户不是小数字，幸亏亲友帮助。徐秀才没熬过那个冬天，爷爷临终时拉着大凤的手说，一定要让你和小帆的孩子考大学，考清华北大。大凤应下了。几年后大凤生下的儿子，大名是清华。

老陈书记在大凤讲述时两次插话，评点一：你爷爷有自己的世界观，但他没有权利把它强加在你和弟弟头上。有句老话，你看见什么，什么就挡住了你的眼光，说的就是你爷爷。这番话很哲学，大凤觉得老陈书记确实高水平。评点二：扩招是借高等教育之名行圈钱之实，古今中外，任何伟大民族都把教育当作事业，而不是当生意来做，即使当下欧美诸国的教育产业化，只是针对留学生收费，对本国学生的教育都推行义务制。扩招收费，这些人竟想出如此昏招，相当于捶自己的卵蛋做下酒菜，这要绝后人的。这段话是他从桌上拿来剪报读的，老陈书记读一句，从老花镜上方看一眼大凤，表情沉重。最后一句是粗话，剪报上不会有。显然，激愤之下老陈书记也有失斯文了。

大凤说，为了清华能上三小，我们贱卖了乡下的房子。为了清华有机会上一初中，我才到您家做保姆，我来之前，早打听到您是在文教局书记任上退下的。得知您连亲外孙上一初中都不肯开口求人，我不得已而去一初中食堂打工，图的是能碰上个肯帮我的人。大凤说到后来带着哭音，老书记，我就是一个势利小人，您别和我一般计较。

这样啊，这样啊。老陈书记明白了，不知道该对大凤说什么好。半晌，说，在一初中找到肯帮你的人没有？大凤被问到辛酸处，忍不住放声大哭。老爷子将抽纸抽出几张，顿了顿，还是塞在了大凤手中。老爷子说，我告诉你，海波也不去一初中了，去美国读寄宿学校。正是这个原因，我现在研究的课题就是各国的教育问题。老爷子俨然把自己当作学者教授了，还“课题”，最多就是剪贴了几篇文章。大凤不知道，大学中学的课题很多就是剪刀加糨糊的成果。老爷子说，海波这书读的每天作业做到深更半夜，节假日连轴转补课，实在太苦了。我没敢投反对票。大凤心里想，清华可比海波还苦，有时候一碗方便面就当了晚饭。大凤说，我们乡下人喜欢吃肥肉时，你们城里人吃瘦肉。我们喜欢吃瘦肉时，城里人又追着吃什么有机蔬菜了。这不，我们家清华做梦都想上一初中时，你们却把海波送到国外去上学。我们就是跑丢了鞋子也追不上你们的想法。老爷子说，高考不变，孩子身心受苦的处境就无法改变。从政治角度看，高考不会变，也不能变，只有高考制度下培养的接班人才能刻苦耐劳，循规蹈矩，保障社会稳定。大凤说，您讲的那些与我们百姓无关，我弟弟小帆您见过的，大学毕业了却找不到正经工作，欠下的学费至今没还清。坑了我爸妈，都说这考大学是坑人。但我不这样看，关键是看你考上的是什么大学。一个碗儿洒一勺油也好，一口缸里洒一勺油也好，不看水多水少，那油没少，只看你能不能捞着油星子。好比这北大清华，扩招不扩招都不受影响，你考上了就不愁没工作。那北大卖猪肉的毕业生，不是本来也有个铁饭碗吗？老陈书记摇摇头，翻过一页剪报，兀自读了一段话，那段话老爷子在下面画了红线：

> 蠢人不可能靠教育来拯救，他所需要的是救赎。我们的统治者希望从人们的愚蠢之中，而不是从人们认真而独立的思想判断之中，获得更多的利益。
>
> ——迪特里希《狱中书简》

大凤在陈家时就习惯了老爷子的做派，他只是需要一个听众而已。

太阳已在中天，阳光进不了房间，书房有了寒意。陈老书记说，我们上楼顶，你看看我养的那些鸽子。大凤随他上去，他在楼顶上盖了几间鸽笼，笼中笼外的鸽子“咕咕”叫闹，见了他不躲，反而全都围在他脚边跳跃，只差栖在他肩头了。大凤看四周，都是或旧或新的高楼，就是这长了翅膀的鸽子，也被这些楼挡了路，天高并不是任鸟飞。老爷子说，早就有养鸽子的念头，你来后知道你怕蛇，就掐灭了这个念头。你走了，我才捡起了这想法。大凤诧异，我可没说过这话。老爷子得意地说，这还用得着说，一个农家女子不肯进菜园，我就猜是惧怕什么，草虫，蛤蟆，蛇？最有可能是蛇。有一次海波带来一条塑料玩具蛇，他随手扔在沙发上，你什么都整理了，就是那沙发你不靠近，我就相信我猜中了。

老爷子还真是有心人，他看着大凤，意思是听大凤的解释。大凤绕不过那眼光，说，是这么回事，我爷爷走的那年，也就是我考第五次那年，年头上他找算命先生算了一卦，那算命先生说：我实话实说，你权且当我放屁。你家的家神已离家，恐怕今年长者不能寿，少者事不能顺。在我们湖畔那一带村庄，家神是指家蛇。湖边鼠多，家家都有蛇守着粮仓。算命先生那番话成了我爷爷的心病，每年都能在屋内或屋外找到蛇蜕，但那年我爷爷翻遍每个角落就是没找到。不幸的是，那一年被算命先生不幸言中，我从此就怕了它。老爷子说，奉蛇为家神，古来有之，不仅是守粮仓，还有别的说法。传说中人与蛇都曾有过只要蜕皮就能长寿的机会，人怕痛放弃了，蛇做到了，所以不断获得新生。蛇就成了长寿的象征。其二呢，蛇鳞是片片顺行叠压，不能逆反戗行，顺道而驰。民间又将蛇寓意为“顺”。老爷子好卖弄学问，说完回头看，大凤已下了楼，大凤实在不想继续这个话题。其实，真正惧怕的原因，大凤也只说了其一，没说其二。

这天是大凤的休息天，老陈书记说请她来有正事。老陈书记要留大凤吃午饭，说让饭店送外卖，大凤急着回家，说要准备清华的饭菜。孩子的事压倒一切，这道理老爷子也懂。老陈书记说，大凤，“表叔”的事你听说过吗？大凤吃了一惊，这是她和三红私下的玩笑话。大凤装傻，没听说过。就是，老爷子说，就是有个中年官僚，他惹怒了网友，网友一搜索，搜索到十几张此人的照片，每张照片上他戴的手表都不同，每块表都几万或者几十万。网友举报他贪腐，上级审查属实，逮捕法办。此人被网友戏称为“表叔”。大凤说，你说的是这个人啊，听人说过。老爷子想了想，说，大凤，你也不是外人。海波他妈妈经常在电视上露面，她腕上也常戴表，就是那块江诗丹登，其实是海波他爸从国外捎回的，她就这一块值钱的表。我记得你也有块同样的表，说是仿货，我想请你帮着买一块。大凤说，莫非也有人举报小陈书记？老陈书记说，那倒没有。不过，政治斗争是如履薄冰，还是小心谨慎为妙。我还是替她留个后手好。大凤知道，老爷子讲的就是她腕上的“僵尸点灯”，便摘下来放到茶几上，说，这仿货怕寻不着地方买了，我这块您留着，本来就不值钱。老爷子说，那你上班没表不行，我送你一块。别，大凤说，我还有块电子表。老爷子保重，我回了。

老爷子追到院中说，大凤留步，我还有件事要说出来，你离开的这段日子，我也曾想过，把你和清华接到这院里来，就是不知道怎么开这个口。没等我提这事，女儿女婿说要送海波留学，学费昂贵，得把他俩名下的住房卖了凑钱，省得别人背后议论钱的来路。以后，她母子俩要搬进这院子来住了。

大风加快脚步跑了，好在老陈书记腿瘸追不上，但愿他的话被寒风刮得干干净净吧。

八

吕一平是在微信上得知，寒假特级教师出国考察名单中还是没有他。这种出国考察，当然是旅游观光，听起来像是公费，其实不是，比公费团行动自由，行程豪华。限额之内，购物还有人帮你刷卡。那些特级中的特级，欧美早就逛过一遍，现在去的是非洲了。吕一平也是特级教师，却连一次机会都没捞着。怪谁呢？吕一平当然知道原因。掏钱的是省市的出版公司和教辅中心，他们捞足了，赚肥了，分一杯羹给合作者，顺便在寒暑假给合作者安排一些身心按摩，合作者就是那些特级教师。但是，套用一句广告语，不是所有的特级教师都享受这特级待遇。

吕一平是语文特级教师，特级教师在中小学，相当于院士在大学，是象牙塔的顶尖了。媒体报道，一个贪官想当院士，行贿几千万都没当成。物以稀为贵，院士肯定比特级教师少得多，那身价自是不好比。但是，没有身价或者价位太低也是对特级教师的不尊重，特级教师的评委不答应，参评的准特级教师不答应，广大中小学教师也不答应。本来被称为小知识分子就不服气，连特级教师都没有身价或者廉价，明摆着是小瞧我们小知识分子嘛。但一般参评教师心比天高，“币”比纸薄，有心拉升行情也没有实力。好在各级教育主管部门将重教落在实处，把一个地区一个学校的特级教师名额多少纳入考核，这样一来，除了挖空心思去“挖”外地的特级教师，公关特级教师评选就成了学校乃至教育局的重要工程。你如果有心统计一下，特级教师中当校长的占大多数，次一点的也是主任，像吕一平这样头上没乌纱帽的属凤毛麟角。吕一平评特级时是在下面的镇中，本来也没抱指望，是去打酱油的心态。没想到居然天上掉馅饼，落到他头上了。事后才知道，这馅饼早就让人盯上了，两位高中语文教师争一个名额，背后是两地的教育局和两所名校,都牛气烘烘,都上面有人。两头牛角斗，斗红了眼把遮丑的红裤头都会挑翻，后果不堪。馅饼就轻易落到了吕一平头上。吕一平有吕一平的优势，偏远地区的乡村教师，而且是初中教师，据说评委大佬解说他，卑鄙，地位低下且偏僻。让这人上，对那两人都公平公正，评委们都立场统一了。要顾大局，要讲政治，砍柴不成，你莫非敢把青山烧了？

吕一平评上特级的第二年就调进了一初中，“卑鄙”两个字只剩下一个“卑”字，地位低下，其实并不真的低下，比一般教师牛逼多了，只是没弄成一官半职。圈内人都知道，特级教师也分成上中下三等。上等的特级教师控制一省的教材编选、中高考命题阅卷、特级教师评选等，仅主编教材每年的稿酬就百川归海，数目可观。这中等的特级教师，往往是一市或一县的教研室主任和中小学校长，他们编选和推销教辅、组织各级学科竞赛等，日子肥得流油。这三等的特级，是指吕一平这种，做一些参编教辅、教师培训讲座、学生竞赛评委等活儿，也能得一点碎银子聊作慰藉。据称这类特级教师自嘲，特级不带长，放屁都不响。是笑话也是实话，倘若你是校长，至少，你编的教辅可以自销本校学生。胆小一点，可以和别的校长交换发行。三等的特级教师吕一平生气的是，组织出国的这家教辅公司经理，曾口头承诺这趟有他的。生气不如反思，看来，只有彻底去掉大佬说的“卑鄙”两字，才能上一个台阶。

由此可见，想在一初中食堂从二楼上升到三楼的人，其实不止大凤一个人，尽管性质不同，心情一样迫切。

据说女人生气就购物或饱餐，男人生气就借酒浇愁。吕特不是这种档次，心情不好，吕特选择运动。吕特年近半百，不适合和年轻人在球场上奔跑，吕特的运动项目是乒乓球。食堂的二楼在拐角处摆着两张乒乓桌，倘若有外地的教师来听课，这桌子就成了餐桌。平时空闲，乒乓桌就是乒乓桌，成了教师们饭前活动筋骨的好去处。吕特来的不是时候，球桌空着。吕特失望地转身要走时，有人说，吕特，要不，我陪你打会儿。说话的人是窗口卖菜的服务员，吕特是有身份的人，抬头想回绝，看见玻璃门后面是一张羞怯的脸，模样动人。一个中年男人，一个多月没见老婆，见了女人铁石心肠也会变软，试想，那女子不知要鼓多大勇气才开口，吕特就为了怜香惜玉也应放下身份。女人脱了工作服，冬天劳作的女人就像夏天的茭白，剥掉外衣才另有风致。她穿了一件红毛衣，身段显山显水，吕特看球就难免分神，让本来郁闷的心情又添了急躁。女人球艺一般，也喜欢弧线长球来回，吕特性子陡起，扣杀连连失误，前半场失分就多。吕特觉得是没把握好扣杀的角度和分寸，不断摸索，再扣杀，果然，对方几个回合下来就招架不住了。吕特连胜两局，酣畅淋漓。到第三局时，女人用心了。女人发球，女人的左手大拇指和中指捏着球，若有所思。吕特紧紧盯住球，她左手的食指竖起，吕特握拍子的手就绷紧了，那根食指却顺着乒乓球的球缝缓缓抚弄了半圈，像是动物伸出的一截舌头。如此两番，吕特觉得发球快超时了，那球突然弹起，像上足了劲的弹簧直扑过来。这一局吕特的扣杀也几乎没有一次成功，第三局吕特惨败。吕特明白了，前两局女人是故意喂球，让他高兴。待他兴致高了，才和他较一回真。女人的球技真算不上高手，但高手的水平不是每打必赢，而是懂得该赢的时候赢，该输的时候输。

吕特记住了这个服务员的姓名——徐大凤。

徐大凤作为食堂员工，上班时间是不能打乒乓球的。吕特到食堂找大凤，是为了一件小事。本地人喜欢腌制一道菜，缸腌菜，取本地的马耳朵大青菜，晒够三十天太阳，压缸底腌制，春节过后取用，色黄味香，是本地人看家菜。吕特好这一口，菜晒了二十多天了，不巧，他要出去开一个星期的会议。这大青菜要日出晾出，日落入室，不沾霜露。倘若托付给那帮青年教师，不靠谱。吕特不放心，就想起了徐大凤。徐大凤满口应承，脸颊飞红，似乎不是请她帮忙，倒是给她颁发奖状。吕特要把宿舍钥匙留给她，她摆摆手，说，别，钥匙给谁等于把家交给谁了，我担不起这责任。那大青菜您放心，我在食堂找个地儿放着过夜。这是个谨慎的女人，知道什么东西能留，不该留的东西不留。吕特觉得这是个拎得清的女人。吕特准备腌菜的那天中午，他打完菜停了一下，说，徐师傅有空的话，我想请你帮我一起腌菜。吕特住的单身宿舍是公寓酒店的格局，房改过后单位不分住房，这宿舍是给新进的教师过渡用的，吕特的夫人在乡下医院做护士，想调进县城的医院还没有找到门路。吕特准备了一口大缸，放在沙发边上，看上去不伦不类。大凤进屋时，吕特正坐在沙发上洗脚。本地腌菜是有讲究的，将大青菜铺在缸底，铺一层撒一遍盐，盐是大粒子粗盐，然后男人赤脚进去踩菜。必须是男人，未必换了女人踩菜，那缸菜就不能吃？只不过这是祖宗传下的规矩罢了。家宝一走，大凤就不腌缸菜了。吕特踩菜，踩到菜汁淹了菜秆菜叶，大凤就撒盐和填菜。屋子里很安静，只有踩菜的声音一声接一声，这样的场景曾是冬季里农家温暖的一幕，让俩人都有些恍惚。菜快要填到缸沿时，吕特突然哎呀一声，矮下来扶住了大凤的肩膀。大凤扶他到沙发上，吕特的脚趾上已涌出一片血迹。吕特嗞嗞抽着凉气，说，怕是大盐粒把脚趾划破了。没多大伤口，只是盐水一浸痛得厉害。大凤说我看看，抱住吕特那只脚，是大脚趾趾肚破了。大凤一口把那大脚趾含住，吐了一口血水，再一口含住，舌头抵住了伤口。吕特的脚没了疼痛，僵了，一动不敢动。过了好一会儿，吕特想抽回那只脚，大凤松了口，却把他的另一只脚也搂住，拉开棉袄的拉链，一并揣在了她暖和柔软的胸口。

这就是温柔乡了。吕特荣誉是特级，身体却是普通血肉之身，抵挡不了温柔。

吕一平说，其实在打乒乓球你发球的一瞬间，我就爱上你了，你那个动作性感极了。大凤想不起是什么动作，但“性感”这个词让她受用。钻在一个男人的怀里，听一个男人絮絮的情话，大凤觉得是在做梦。这个时候的男人其实已精疲力竭，吕一平很快就响起了鼾声。大凤穿衣起床，给大缸盖上木板盖，又将剩下的马耳朵青菜归堆一角，打扫干净。再凑到床头，吕一平醒了，他伸出热乎乎的胳膊，搂住大凤说，你真是个好女人，只是，我有老婆，不能给你名分。这是要给俩人的关系定性了，大凤说我不要那个。吕一平说，那我能给你什么？我现在什么都没，没房没车没钱。如果你是教师，我还能在发表论文、评职称上帮你，可你用不着。他这样一说，大凤脑子清楚了，这男人心里不踏实，要讨个定心丸。男人就是男人，永远不会被情事冲昏头脑。大凤不能打草惊蛇，不能提儿子进一初中的事。大凤说，我什么都不要，我一个寡妇，只图有个人知我的冷热。

大凤早已弄清楚，一初中的内招指标除了上面的领导，老板名额不限，书记每年两个，副校长每年一个。在食堂二楼上用餐的人中，能在老板那里要到指标的只有吕特。凭什么，凭吕特是引进人才，全校就他和周老板是特级教师，尊重学问尊重人才。

如果有细心人观察，吕特和大凤在学校突然疏远了。俩人碰面不打招呼，吕特也不来二楼打乒乓球了。那是这俩人心虚，他俩像游击队员随时把校内校外当作战场，他俩像地下武工队在夜色中穿行于大街小巷茶座客栈，见缝插针寻找战机。大凤想不到吕一平看上去一本正经，在床上却花样百出，弄得大凤心惊肉跳又欲罢不能。吕一平说，你就随了我吧。可怜我择业不慎，做了二十多年教师，整天用别人的脑子思想，用别人的腔调说话，我没废掉已是万幸。也就在这床上，我有机会推陈出新，展现想象力和创新能力。那一个脸老皮厚，让大凤想起乡下人的粗话，挑担挑不过剃头匠，夯床夯不过教书匠。当然，让大凤长见识的还有孩子教育的事，很多大凤弄不懂的事，老吕洞若观火。有些话大凤其实在别处也听说过，但从吕特嘴里说出来就入耳，除了因为吕特是权威，另一个原因是此刻，她的心中只有这个男人。老吕说，为什么中小学总是考的比学的难呢？这是中国教育特色。比如中考和高考，考试难，初三和高三学生主要精力只能用于复习。学生复习，主管部门和专家就有理由编复习资料，一轮二轮三轮。就要组织模考，一模二模三模。基层教师也看懂了，平时考试也难，为了与中考高考衔接。课本内容课上讲，课外内容上家教。老吕说，所以千万不要担心取消中考高考，当官的不答应，专家不答应，普通教师也不答应。这让大凤更坚定了要让清华上一初中的决心，上小学上初中是拼爹妈，不公平。中考高考总还是拼成绩，百姓子弟还是有一份希望。

清华语文考试的阅读题老是失分，这是大凤揪心的问题，当年大凤高考语文这块儿也是重灾区，大凤现在做清华的语文试卷，阅读题也答不到得分点上，简直像是大凤遗传的弱项。这不是她一个人的悲伤，很多家长都已伤不起。这天，大凤在报上读到大作家王蒙的文章，他的文章被用作试卷阅读题命题，老先生做的答案基本拿不到分。老吕听了哈哈大笑，说，很正常，一百个作家一百个得不到分。作家再牛他们只能牛在文坛，在教育界他们没有话语权。不在于做对做错，而在于谁是制定规则的人。别说做题目，就是那些作家的作文，去中考高考评分也大多不及格，不说别的，这作文就分命题作文、材料作文、话题作文、新材料作文等，等大家玩腻了，那又再弄个新名词定个新概念唬人。与其迷信作家，不如迷信老吕。老吕现场做了手头教辅上的几道题，居然做对十之八九，不由得大凤不服。老吕说，其实很简单，我这有套自编口诀，按图索骥，不想三想四就不会错。大凤对老吕不是敬佩，上升到敬仰了。临走，老吕裸身起床找到他编的口诀给了她，老吕说，儿子读几年级了？大凤很少提儿子的话题，打马虎眼说，上小学呢。

快活的日子总是过得快，大年过去了，寒假过去了，新学期开始了，过日子如掀书页。按惯例，五月一日之前，内招指标都对号入座，大凤居然顾不上为这事着急。有时候，深夜躺在老吕身边，大凤也迷失了自己，仿佛自己当年考上了大学，应该是师范大学，与这个男人恋爱结婚生子，在同一所学校教书。那是大凤错过的版本。

眨眼就到了农历二月初二，俗话说，二月二，龙抬头。在本地，这天是上文庙敬香火的日子，家有考生，家长都早早做了祭香的准备。大凤自然不敢怠慢，上初中不用考试，但清华想上一初中还靠菩萨保佑。再者，这天也正好是小梁老师带清华去省里参加奥数竞赛，大凤更觉得有求于神明。大凤天没亮就赶到了文庙，根本没赶上早，庙门前已挤满了人群，兜售香烛的小贩大呼小叫，晨雾和香烟混合在一起在空中弥漫。其实来早了也没用，头炷大香是由县高中敬，第二炷大香是一初中，前三炷香都轮不上个人，让学校包圆了。据说原来是校长带几个领导来祭拜，遮遮掩掩不让外人知道。再后来是校长带领导班子和毕业年级老师来，家长联名支持，估计将来连毕业班学生也要参加了。几所学校都争着烧头炷香，有一次县中的老板和一初中的周老板还翻了脸，都是出于公心，都是为了本校的升学率，最后由教育局领导出面排定了座次。大凤当前也不甘落后，浑身是劲地挤在香客队伍前面。大凤是头拨香客，上完香出得庙门，她腿上更有了劲道。学校的面包车停在路边，司机老赵按喇叭让她搭车。老赵熟，常来食堂套近乎，可校长周老板在车上，大凤犹豫。周老板心情好，打开车窗说，徐师傅快上，自己学校的车别客气。上了车，老赵说，徐师傅，孩子要中考了？大凤说，没呢，小学六年级，小升初。老赵说，小升初，给菩萨上香，还不如给老板上香。老赵这大嘴巴脱口而出，老板不恼，说，我也想多解决一些，可我手上的指标都拿光了。找我，我看还不如找吕特。吕一平就坐在老板后排，大凤分明看见他叉在过道上的腿抖了一下，收拢了。吕一平装作没听见。大凤说，我没打算麻烦领导。

吕特没听见大凤说什么，他紧张的是，周老板这个老狐狸，鼻子真那么长，嗅出了他和大凤有什么？

九

吕一平突然在大凤的生活中消失了，连着几天没来食堂露面，电话不接，短信不回，也不像是出去开会，就是开会，短信他会回。大凤牵挂他，又不方便打听，正焦虑，吕一平来电话了，让她下班后去城东开发区一家旅馆。不知什么时候，县城的旅馆突然多了起来。有的就是民宅改的，几个房间也敢称“宾馆”。小县城外地客并不多，小旅馆却生意兴隆，亮点是“钟点房”，有赌客开房，也有吕特和大凤这样的“野鸳鸯”开房，没有谁规定旅馆是为外地客开的。吕一平和大凤一般不开房，天黑以后大凤潜入老吕房间。大凤不让老吕去自己的住处，怕清华撞见，怕家宝暗地里难过。最疯狂的那段时间他们也开钟点房，但不去开发区那么远。

因为开发区偏僻，小旅馆清静，看上去倒也干净。老吕也不解释这几天去哪里了，火急火燎，先把事做了，做得穷凶极恶，像是饿死鬼临上路了。事毕，冲过澡，总是要躺一会儿，老吕却没回到床上来，直接穿衣服。这不是以前的程序，大凤跟着洗了穿上衣服。老吕说，大凤，我们谈谈吧。这说话的口吻是吕特，不是刚才床上的老吕，男人穿了衣服和脱了衣服完全不是一个人。吕特说，你是不是从开始就是为了儿子小升初才和我在一起？你为什么不早告诉我，偏偏老板在的时候才说？吕特情绪激昂，那副嘴脸让大凤伤心，大凤完全可以辩解，那天文庙遇上校车，她有能力设局吗？大凤不想说，没必要说，她就睁大眼睛看着他，女人的目光能点燃一个男人，也能熄灭一个男人，吕特手扶着椅背，颓废地坐下来。吕特说，其实，就是把这个指标给你儿子，也是我应该做的。可是，大凤，你知道吗？这指标只是在我名下挂一下，很快就被领导拿走了。大凤忍不住说，周老板为什么要这样做呢？吕特说，不是周老板，是比他大的领导，县长局长开口我能不给？大凤说，他们可以跟周老板要。吕特苦笑着说，还能少了他们的指标，要我的指标，是因为找他们的人多。

大凤相信这不是谎话，否则，大有公司四分部的“货源”怎么能弄到。这个男人，他还想当校长，还要将老婆调进城，当然不敢得罪那些当官的人。

大凤说，本来，我是想找你帮这个忙，但后来我不想跟你开口了。我喜欢的男人只有你一个，我儿子上一初中的路不止一条路。我更在乎这份感情，我存了私心，怕提了儿子上学的事，你就嫌弃我了。这是真话，把真话说出来，大凤心里对丈夫和儿子都有了歉疚，泪水夺眶而出。吕特正色说，你真是，你真傻，这世界上还有什么比孩子上学的事更重要吗？尤其你，儿子才是你的全部。我不是不帮你，是没办法，时间紧，别因为我耽误大事。

出门时，吕特将一个信封塞给她，说，我们处在一起有些日子了，这是我挣的一笔稿费，办指标要花费不少，算是我的补贴。吕特下去退房时，大凤将信封里的钱点了一遍，一万三千五百，大凤算了一下，腌缸菜到当天正好是一百三十五天，吕特是算过账了，一天一百，按天计费，比三红的哪位“表叔”都慷慨。他说得很明白了，儿子才是你的全部，他就是把你当婊子了，给了钱就两讫了。大凤清醒了，将钱不客气地收了。一个寡妇对爱情的幻想从此灰飞烟灭。

大凤回到家，灯亮着，清华人不在。大凤正要下楼去找，他气喘吁吁地到了。大凤刚要责问，儿子说，妈，你今天跑得好远，我怎么找都找不着你的自行车。你找妈妈干什么？是不是你每天晚上都不做作业，跟踪妈妈？大凤想起某些夜晚，她总觉得被人跟踪。清华说，没有，我只在作业不多的晚上，妈妈迟迟不回，我才出去找你。这么说，儿子一定发现了她和吕一平的勾搭，大凤不知道该怎么发问。清华说，妈妈别生气，我已经是男子汉了，我就是怕你一个人在外面被欺负，暗中保护你。

大凤情不自禁地搂住了儿子，儿子挣开她，说，你为什么不问问我，我今天敢告诉你实话了？妈，我奥数竞赛获奖了，市一等奖。

儿子从书包里拿出奖状，大凤一遍遍抚过那张纸，心中感叹：老天有眼，拿走你不该留下的东西，送回了你最想得到的东西。

儿子说，把爸爸带回家，给爸爸焚香，告诉爸爸，我能上一初中了。

什么都瞒不过儿子的眼睛。大凤依儿子做了，痛痛快快地哭了一场。儿子说，妈，你这次为什么哭得这么响亮，把楼下的邻居也惊动了。大凤说，以前妈妈哭的是悲伤，今天妈妈哭的是高兴。

命苦的人，哭是习惯了的抒情方式。

获小学奥数赛市一等奖的全县一共有六名，三小占了三名，大凤联系了另外两家家长，决定请梁亚民吃一顿饭。小梁老师做人的风格与众不同，大凤预先打了电话给他，问他有没有空。这次小梁老师很给面子，应下了，时间定在周末。星期五下午，她打电话提醒小梁老师别忘了，梁亚民说，把那酒席退了吧，那奖不认了。说完这两句话就挂了。大凤赶紧联系另两家家长，其中有一位在教育局上班，她证实了梁老师的话不是空穴来风，上面来了文件，禁止各校优先录取奥赛获奖者。

大凤忘了关电话，双腿乏力，也顾不上规定，屁股落在一堆白菜上。老天是存心作弄人。大凤在荤菜加工间转了几圈，师傅们刀起刀落，剔骨割肉，斩肉为丝，有条不紊。大凤觉得身体血脉贲张，皮肤下有许多小虫在啮咬。大凤渴望手中有一把刀。不行，这样不行。大凤走出食堂，幸亏有一排水龙头在露天下，她拧开一只，将头脸放到水龙头下，将衣袖卷起，水冰凉，大凤清醒了。你已经没有权利只顾自己的感受，你有清华，还有家宝，他在远方眼巴巴看着你。

大凤没有把消息告诉儿子，儿子还小，独木桥上落水的滋味大凤尝够了，她实在不想让儿子这么小就尝到。她不哭了，寡妇的眼泪没有意义，想好下面的路怎么走才是当务之急。好在还有大有公司四分部那条路留着，一定要把那指标拿下。大凤这样算账，买下指标，那一万就是一万，不买，那一万就打了水漂。算下来缺口就是六七万，第一条路就是回村求清华的爷爷奶奶，从母子俩的抚恤金里支付，这当然不容易，自从卖掉房子以后，老两口就视她为瘟神，要拿到钱，说不定得打一场官司。第二条路，就是先借一笔钱买下指标，哪怕是高利贷。大凤不怕欠债了，真走到那一步，就步二红的后尘，零售批发都是卖。

十

星期六一早，大凤骑着自行车下了乡，家宝家老屋门掩着，屋里没人。大凤卸了给老人买的烟酒点心，心里嘀咕，莫非两老知道她要来，躲着她？正要上隔壁打听，前面巷子响起了丧乐和哭声。村里不知是谁家老了人，老两口肯定是去那里听丧曲了。大凤循声走过去，走到了她卖给梁家的院子里，她家的房屋早夷为平地，成了梁家院子的一部分。现在，院子里赫然摆着一口棺材，被人群围着的殡仪乐队正在演奏，大凤低声向村里人打听，是梁家的谁？村人说，村主任家的老二，做教师的那个儿子，村主任两口子都痛得倒下了。

小梁老师那么一个活生生的小伙子，说没就没了。梁亚民带队获奖后本来成了三小的功臣，学校打算重奖他，上面禁止优录奥赛获奖生的文件下来后，奖励没了，而且以后学校也不打算搞奥赛，小梁老师暂时只能待岗。梁亚民想不通，从宿舍楼楼顶上跳下，送到医院几个小时后就没了。村人说，三小的校长是村主任的朋友，昨晚连夜赶来的，那校长说，他怎么也不可能让梁家老二待岗，是梁家老二想岔了。族里人本想去三小闹一闹，有明白人却说没用，学生死了闹了有补偿，那是因为影响学校考核，学校肯花钱摆平。教师自杀，学校不怕你闹事。

音乐声小了，一个女声哭丧的声音高起来：

……

八月初一去望郎，我为郎哥请针匠，
别人家针匠缝嫁衣，我为郎哥赶制寿衣裳。
九月初一去望郎，我为郎哥请木匠，
别人家木匠做嫁妆，我为郎哥做棺（材）忙。
十月初一去望郎，我为郎哥请漆匠，
别人家漆匠漆嫁妆，我为郎哥漆棺（材）忙。
冬月初一去望郎，我郎断气在床上，
我身穿麻衣来尽孝，日夜守护在灵堂。
腊月里来去满月，我扑在坟头哭断肠，
哭一声青天哭一声郎，你可知我日后多凄凉？

女人是殡仪乐队的专业哭手，词是哭夫的词，并不适合死者梁亚民，却还是听得大凤无比心酸，满脸泪水。大凤悄悄从人群中退出，回到老屋，公公婆婆没有回来，大凤脑海里浮现出当年她遭遇的那恐怖一幕。那一年六月的某天下午，家宝在城里打工，清华在镇小没放学，大凤在大灶上烧一锅开水。水开了，大凤揭开锅盖，只听屋顶上砰的一声有东西砸在锅中，溅起的开水烫得大凤丢了锅盖。定睛看时，那开水锅里昂起一只斑斓的花蛇脑袋，一双眼睛无辜地看了大凤一眼，又在水汽中不见了。大凤尖叫着冲到堂屋，吓得魂飞魄散。定下神来，才想起打电话给家宝，大凤在堂屋颤抖了一个多钟头，家宝火速赶回家，将那一锅蛇尸处理了。受了惊吓，大凤在医院住了十几天，出院后从此不进那灶屋。家宝安慰她说，其实是巧了，你揭锅盖时，那蛇正在椽子上，水蒸气往上一冲，蛇就掉进了开水锅。大凤说，那不是蛇，是家神。家神没了，我们得搬家。现在想起那天的事，大凤还手脚冰凉。

大凤想起老陈书记的话，蛇象征长寿，蛇死了，两个年轻男人的命都没了。蛇主顺，蛇死了，她逃离那么远，儿子小升初的事就是不顺。论道理，大凤应该去梁家吊唁，梁家于她母子有恩。可大凤却不敢去露面。她甚至不愿再等公公婆婆了，她积蓄的斗志被梁亚民的死瓦解了。

她将老屋的门掩上，手机叫了，是老陈书记。老陈书记说，现在有空吗？上我家来一趟。大凤径自去了老爷子家，老爷子在书房，只一眼，老爷子就看出大凤脸色不对。大凤嗫嚅着，一五一十将来龙去脉说了。没办法，大凤再不倒出来，承受不住了。老陈书记说，要怪罪，就怪罪中小学开始在你们身上打下的炮烙，那些自杀的中小学生是病人，小梁老师是病人，你也是病人。中小学埋下的病毒终将伴人一生，小梁老师逃过初一没逃过十五。无论如何，你要挣脱，不能归罪在自己身上。

老陈书记说，谁说清华小升初的事不顺？我去找了县长，解决了。老爷子从抽屉里取出一张纸条，也就是一张三指宽的纸条。大凤说，就这张纸条？老爷子说，你放心，管用。有县长签字，县长是我以前的下属，头回着老脸求他办事，不能糊弄我。

大凤将纸条仔细折叠好放进口袋，走上去扑在老爷子怀里，老爷子伸出手轻轻在她背上扑了几下，松开她。大凤毫不犹豫地拉下棉袄拉链，抓住老爷子的手按在胸前。大凤在他耳边说，我没有别的什么可以报答。老爷子帮她拉上拉链，说，大凤，不是这样，我很多时候想拉着你的手，想抱一抱你，其实是想抓住点什么，抱住点什么。一个孤老头，女儿被官场劫了，孙子被读书占了分分秒秒，没人靠近我，没有天伦之乐，空得慌。

春天的菜园已没有菜，野草疯长，有的已高过围墙。

大凤看了，心生歉疚。大凤要是不走，或许老爷子不会让园子衰败。老爷子看出她的不安，说，现在任它们嚣张，季节一过，我一把火烧了做肥料，不种菜，种桃种李，哪怕我看不到那些果子，海波清华他们总能看到，也就没有对不起这满院春风暖阳。

大凤骑车回家的路上，不时用手去按一按放纸条的那只口袋，怕那纸条会变魔术一般飞走。大凤想起中学课文《药》里的华老栓，做学生时常笑话他一个动作，“按一按口袋，硬硬的还在”，现在她就是那个华老栓，按一按，非常必要。大凤上了楼顶，小帆领着一个人站在她门前，大有公司四分部的黄经理。大凤没给小帆好脸色，怎么把什么人都随便往家里带。小帆说，姐，本来想电话里给你说，黄经理说重要的事要面谈，以示诚恳。大凤说，不必谈了，谈的那生意我不做了，那一万定金我也不要了。黄经理说，一初中的公示都贴在大门口，你儿子被优录，我当然知道那指标你不会要了。大凤怀疑听错了，小帆说，真的，我俩刚从一初中回来。不是说上面发文，那奥数奖没用了吗？大凤怕被忽悠。黄经理说，公示上说是从素质教育出发，根据综合素质条件优录的，其实谁都明白，换汤不换药，上面禁止优录奥赛获奖生，奥赛并没取消，排名出来如果本校无人上榜，校长不也脸上无光？

大凤一下子想到小梁老师，上面玩个文字游戏，小梁老师一条命没了。

黄经理抿了抿嘴皮，一开口，两只龅牙还是脱颖而出。黄经理说，我还得到内部消息，昨天还有一个指标给了你，县长批的条子。我想看一下条子，县长签的名是两个字还是三个字。大凤说，两个字如何？三个字又如何？黄经理说，有讲究，有名无姓，也就是只签了名字，校长必须给。姓名齐全，一般是碍于情面，可给可不给。大凤听了，取出纸条一看落款，县长全名是黄春明，但纸条上只签了两个字，春明。

黄经理说，您开个价吧。

黄经理又说，那一万定金可以退给您，也可以由您买下，委托我卖出。行情正在大涨，您赚了大头，我赚抽头。如何？

莲　露 |陈　谦|

陈谦，女。自幼生长于广西南宁。广西大学工程类本科毕业。1989年春赴美留学，获电机工程硕士学位。曾长期供职于芯片设计业界。现居美国硅谷。新世纪以来，作品散见于海内外报刊。中篇小说《繁枝》和《望断南飞雁》分别获2010年度、2012年度“茅台杯”人民文学奖。中篇小说《特蕾莎的流氓犯》获首届郁达夫小说奖中篇小说提名奖。

1

吉米·辛普森的照片从电脑屏幕中闪出的瞬间，我立刻就明白了莲露的归宿。

“旧金山资深风险投资家吉米·辛普森出海失踪”的浅灰标题，置于《旧金山纪事报》网站首页“湾区及本州新闻”版内第三条。照片中，那个叫辛普森的老头齐刷刷的灰白短发，着深黑紧身运动衫，身板笔直地站在一艘神气的帆船前端，正抬手摘取架在头顶的太阳镜，一脸由衷开心的笑容，顺着脸上那些因常年户外运动晒出的深纹四下散开，让他的脸相显得立体有力，跟我在沙沙里多水边撞见的时候几乎一模一样。这该是近照。新闻说，感恩节后的第一个周末午后，帆船运动爱好者辛普森从旧金山北湾的沙沙里多水岸出发，去往金门大桥外海域撒母亲的骨灰，一去不返。接到辛普森家人的报告后，海岸警卫队出动多艘救援艇和直升机，在金门大桥一带海域大面积搜救未果。现四十八小时已过，海岸警卫队停止急救措施，进入正常巡逻程序。

文中提到辛普森是旧金山金融界知名的风险投资人，现年 64 岁。他的投资团队主投的两家网络应用软件开发初创公司，分别被“谷歌”和“脸书”并购，很是赚了几笔大钱。辛普森和前妻育有一子二女，均已成人。他 2000 年离婚后一直独身。文章末尾有一句：据目击者透露，辛普森当日从沙沙里多出发时，船上有一位亚裔女子同行。记者就此向警方求证，警方表示目前事件正在调查中，具体细节无可奉告。

那就是莲露了。上周末，在沙沙里多水岸边人声鼎沸的“渔人”餐馆里，我们在大门口撞了个正着。那是天意。我几年都不去沙沙里多一次，那天是陪伯克利帆船俱乐部的老美哥们儿托尼去那里看一艘待售的二手帆船。我们看完帆船，走到“渔人”餐馆时，已是午后一点多了，人们还在门口排着长队。我正要去领号，在大门口撞到正推门而出的莲露。她一身纯黑，风衣领口处露出一抹雪白，可能是围巾。黑色的棒球帽檐压得很低，帽子后檐的孔里塞出一把曲卷的长尾。口红很艳，让她本来就阔厚性感的嘴唇更加抢眼。时尚的宽大太阳镜将她细窄的脸几乎遮掉一半。她在辛普森的臂弯里——那个挺拔精干的老男人的名字，是我刚从网上看到的。他们看上去非常开心。辛普森正说着什么，莲露咧嘴大笑。

那笑声有些耳熟，我的注意力被它抓住，以致我和他们交臂时不禁停了一步。按我的职业规范，在任何公开场合遇到患者，即使他们已中止治疗多年，作为心理医师的我，都不能主动跟他们打招呼，当然更不能有私人性质的交往。我已经很长时间没见莲露了，她的状态好得出乎我的意料，这是我忍不住停步的原因。莲露显然看到了我。她侧过身来，也停了一步，笑很快收住了。一两秒间，她和我擦肩而过，随辛普森走到餐馆前阔大的停车场上。餐馆的露台上坐满了身着深色冬装的食客，他们在明亮的阳光下和海鸟混在一起，杂乱而喧腾。不远处的水岸，停满以素白青蓝为主色调的帆船。我在进入餐厅之前，忍不住再次回头。莲露也在回头，她放开了牵着辛普森的手，朝我摆了摆，脑袋有点俏皮地一侧。我看到她那几乎要咧到耳角的红唇。非常灿烂的笑，带着用力过度的夸张。我急忙扭回头来，未作回应，心下有些不安地想，看来她又换了男友，可这短暂的忧虑很快被托尼的说笑抹去。

我拿起手机。那里面有当年将莲露推荐来的婚姻家庭关系专家杰妮在今天早些时候的留言。杰妮说，莲露从上星期天起就没了音讯，已有两天没有上班。她家人和她供职的公司都已向警方报案。莲露的家人通知了杰妮。杰妮最后语气犹豫地说，我了解你们已很长时间没有工作上的联系了。说到这里，一个停顿——美国人总是这样，一说到专业领域的事，哪怕彼此是多年的老朋友和工作伙伴，仍然会这样小心翼翼。我摇摇头，又听到她说：这仅是你我间的私人电话。我为莲露担心，也很着急，想到或许你有点什么线索。如果给你带来不便，请——我点停回放键。

杰妮的直觉是对的。我是看到了莲露离去身影的人。虽然我显然不是唯一的目击者。

我将手机扔回台面，转过身去。墙上那排镶在金色漆料画框里的太平洋海岸的巨浪扑面而来。这是早年某个春夏之交的傍晚，我作为冲浪运动发烧友，在北加州无名小镇的海面上被大浪拍到海水深处之前，抓拍到的海面——西沉的太阳在巨浪的边缘刷出一片火轮，浪的深处呈出透明。画面侧边更深处的海面，已经因黄昏的到来呈出墨蓝。在数码相机流行之后，我将照片请专家用特殊的相机处理翻拍，再印到帆布上。这技术像用砂纸给原本过于光滑的海天夕阳打过了磨，使海浪带上粗粝的韧性。

这画好奇怪——那是莲露作为患者，第一次坐到我位于伯克利市马丁·路德金大道上的诊所办公室里说的第一句话。她一口完全没有卷舌和后鼻音的南方国语，听不出明显的地域口音。我相信我华裔心理医师的身份，是她选择来见我的主要原因。没等我回答，她又说了一句，它很像我常做的一个梦，老人与海。说到这里，她歪了歪脑袋，目光没有从照片上移开，又说，应该还有条向着满天晚霞开去的船，一直去往金红的天际。最后一起沉落到夕阳深处的大浪里。听她说了“一起”，我一愣，回过头去看了一眼那挂在墙上的海浪。

我们就从这里开始吧——作为心理医生，我说了这样的开场白。莲露撇嘴一笑：怎么能从结局开始呢？——隔了一年多的时光，我还能感觉到那个初秋的午后，莲露那微笑里冷冷的讥诮。

我看着她，点点头，将之前读过的她的档案，在脑子里快速铺展着。

作为生于1964年的女子，莲露看上去比她的实际年龄要年轻十岁左右。她个子不很高，但非常挺拔，染成深棕色的头发在脑后松散地扎成一把。一件明艳的姜黄色薄针织套衫，将她丰满的胸线和收缩有致的腰腹勾勒得十分突出，脖子上看似随意地搭条米白色荷叶织纹围巾，紧身黑色牛仔裤，高筒皮靴，非常年轻的打扮。她的无名指上没有戒指，清楚地表白着她眼下婚姻的状态。她皮肤光洁的脸上看不出明显的脂粉，丰厚的嘴唇非常饱满，不笑的时候嘴角看上去也微翘着，带着天真的无辜。一对鱼形长眼的眼角也让人觉得她总在微笑。当正面迎上她的目光，她那对深棕的瞳仁令人想到久浸在盐水中的梅子，就是笑的时候，也能看出被酸咸汁液经久浸泡出的褶折。这是明显透露出她年龄的地方。她在伯克利一所著名的大型建筑设计公司做电脑系统管理员。她那伯克利加大计算机系毕业的长子，已在西雅图的“亚马逊”上班；女儿是罗德岛设计学院大三的学生。目前已正式分居的丈夫是伯克利加大工程类专业的终身教授。她因婚姻危机而导致情绪不稳定，心理评估的结果发现有自杀倾向，由婚姻专家杰妮推荐到我这里进行指定性的心理治疗。

好的。我们从头开始——我接过她的冷笑，试图让气氛轻松下来。莲露的眼神一暗，静场。Lilian？——我唤着她的英文名，提示她。你会中文，请叫我莲露吧——莲花的莲，露水的露。大概见到我有些犹豫，她又说，我母亲说，她在生我的前夜，梦到了一朵白莲花。莲花不特别，特别的是那上面的露水，大滴大滴地沿着花瓣滚动，钻石般闪烁。母亲觉得特别神奇，给我起名“莲露”。莲露说到这里，停了一下，又说：我后来想，母亲梦里见的哪是什么钻石，那全是眼泪。

这是一个思路清晰的患者，一下就直接回溯到自己的出生时刻。如果像她填写的表格上所示，她之前从未做过心理治疗，那她或许自学过心理学理论。

很好的开始，请继续——我的声音轻下来，怕打断她的思路。她摇摇头，抬起下巴，说，一切是从“处女”开始的。我一愣。作为在中国完成医学本科教育的留美心理学博士，我已接受将“处女”解读为前现代的一个文化符号的教育。在日常的职业实践中，这个符号偶被提及，通常是女性在陈述第一次性经验时一句带过。此时，它被莲露一脸郑重地端上桌面。我意识到自己这回是以美国从业心理医生的身份，遇上了中国的旧事。我也曾有过几位受情感问题困扰的华裔女患者，但她们面对的都是异族婚姻中的困难，莲露的情况显然跟她们不同。

从前年初秋的那个午后起，到同年圣诞前夕，三个多月的时光里，莲露每周都会来诊所一次。她通常是在周五下班之前到，从诊所出来，就直接坐旧金山湾区城际捷运系统的动车回旧金山城里去。分居后的她，当时在旧金山租了房子单住。说到这个话题时，她加了一句：伯克利太小，容易碰到熟人。

莲露的看诊档案，完整地存在我的电脑里。没有外人知道，莲露是被我从半道上推开的。她的旅途竟真的终结在“老人与海”，这我确实没有想到。这些年来，我一直站在狂风大作的海岸边鼓励冲浪者从巨浪里穿行而出，在滑板上挣扎站稳，再迎着下一波大浪冲行而去。哪怕是看到他们颤颤巍巍的身子在水中反复坠落，我已经能做到，只要一脱下身上的潜水服，就能将自己与汹涌的波涛剥离，忘掉他们的哭喊。我真的越来越像一位合格的心理医生，却不知该喜或悲。

我的手从键盘上移开，将电脑关上。那块她曾经在上面打转的草地，如今长草蔓蔓，植被疯长。此时，我往这草地边一站，立刻能望见莲露领我看过的她脚下来路上的一派颓败凄凉。

按照莲露的叙述，她母亲离开上海去往桂林的时候，她刚满四岁。莲露的生父是广西红色老区百色山地人，转业前是崇明岛驻军里的营教导员。莲露谈到生父的口气很淡漠。算起来，打莲露记事以来，他们大约只见过两三面。

莲露的母亲在六十年代初从上海戏曲学校毕业后，很快就成了普陀区青山越剧团实力小花旦。按莲露说的是，小花旦人强命不强。小荷才露尖尖角，就遇上三年饥荒期。上海各级越剧团纷纷解散，很多演职人员被迁往西北各地落户。青山越剧团作为市里的名剧团，动荡中的前途也很不明朗。背着前上海浦青毛线厂资本家的小姐这么个出身包袱，莲露母亲第一批就被下放到郊县锻炼。在崇明岛一带巡演时，美艳的越剧小花旦认识了当时在崇明岛军中、后来成了莲露生父的年轻军官。

莲露从来没有见过自己的外公。莲露的外婆，是她外公在五十出头的时候从欢场上赎出的苏州穷人家女儿，自小长在风月场所，吹拉弹唱舞样样来得。外婆嫁给外公后，又跟了白俄教师学芭蕾，练钢琴，还请来美国家教教英文，为了讨外公交际圈的欢喜，她还拜师学京剧，凭着机灵劲儿，学啥像啥，样样都拿得出手，气质就出来了。外公出门将莲露外婆时时带在左右，外婆在大家庭里的地位一路急升。可安稳阔绰的日子没过上几天，到了解放军进城，新婚姻法一出来，外公只能择一房作为合法婚姻对象时，他选了孩子最多的二房。带着一双少儿少女的莲露外婆，连同大房的一家，开始还是离婚不离家，仍一起住在静安寺附近的独院大宅里。一大家子气还没喘过来，接着三反五反、公私合营，连连的洗刷，家道败落不说，将毛线厂资本家风雨飘摇中的大宅也冲得七零八落，已离婚的大房三房被扫地出门，住到亭子间里，里弄平民人家迁入。莲露外婆还被分派到普陀区毛纺厂学做挡车工。

莲露母亲在崇明遇到后来成了莲露生父的年轻军官时，已预感到自己即将被遣散到西北。小花旦很快和军官结了婚。生父很英俊的，莲露特地强调过。眼睛深而大，简直带着异国情调，她还加了一句。因为这个婚姻，小花旦保住了在上海的户口。可就像戏文里唱的，好景不长，莲露才一岁多时，“文革”就开始了。莲露的生父面临转业，被安排到桂林轻工局。莲露母亲心里是不愿跟去广西的，但到了那时，上海已经大乱，越剧团也瘫痪了。莲露外公被反复揪斗，遭惨打致死，莲露母亲想去送葬都没敢去。外婆从静安的亭子间又给一路赶到普陀的棚户区。莲露母亲那时不过二十多岁。她跟着行将转业的军官跑了一趟广西，回来便决定随夫去桂林。

像那个时代很多被下放到外地的上海人家一样，莲露的母亲将女儿留在上海的外婆家里。莲露父母在桂林安顿下来，只一年多后，就离了婚。莲露的生父在离婚后迅速调回自己的家乡百色。

说到这里，莲露停下来，有些不好意思地看着我说，谢谢你这么耐心地听我说这些细碎旧事。我说，别客气，这是我的职业。莲露摇摇头，说，我知道这是你的职业，但能练到有你这样的耐心，还是很不容易的。

刚满三岁的莲露，被留在上海普陀杂乱肮脏的棚户区里，和外婆、舅舅一起生活。舅舅在这时出场了。莲露提到他时，她那两颗仿佛久浸在酸坛里的梅子般瞳仁突然明亮起来，褶皱被撑开。这稍纵即逝的瞬间被我抓住，在记录里，“舅舅”两字被我打成了玫红色。莲露在“舅舅”这里停住了，盐渍中的梅子迅速萎缩，滚入深潭。相当长的静场，在我的等待中，她忽然哭起来。非常凄切，我起身拿来纸巾递给她。

一切其实是从舅舅开始的。我在记录里加了一抹深蓝的旁白。

2

草稿纸上，留着我随手勾下的一个没有五官的文弱瘦削男子的速写。按莲露的描述，舅舅非常斯文好看，五官生得很气派，像照片上的外公。不同的是那眉眼跟莲露母亲的明艳大不相同，总是带着很深的幽怨。虽然我无法从这类描述中给这舅舅画出具象的面貌，但这用在心理诊所里足够了。

那时，他其实就是阿爸——轻声说出这话时，莲露表情空茫，随即皱眉，像在否定自己。这种感觉，最初来自她由外婆抱着，坐在舅舅的黄鱼车上，一路穿过大半个上海城区，从上只角的静安区搬往下只角普陀棚户区的那个黄昏。那是早春，天还很冷，外婆的身子不停地哆嗦，将莲露越抱越紧，莲露感到被捏疼，哭起来。外婆一边哄她，一边向前张望。外婆那时未到五十，雕刻般的五官清晰立体，面相仍精致耐看，天然的卷发已灰白，在脑后盘成髻。莲露强调说，外婆的长发从和外公办妥离婚手续时开始留起，一直到离世都没有再剪过。莲露顺着外婆的目光也往前看，小小的身子缩在外婆怀里。舅舅吃力地蹬着黄鱼车，身子不停躬曲扭动，骇人地怪异，引得莲露又哭。好了，好了，就要到了，要到了，外婆反复轻叹，像是自语。她们脚边塞满零碎家什，稍有颠簸，外婆就要腾出手去扶一把，莲露感觉就像坐在摇晃的船上。街市暗下来，偶尔看到路边有小女孩牵着父母的手走过，莲露将外婆抱得更紧，再转头去望舅舅蹬车的身影。她也是有爹娘的人，年幼的莲露想，安静下来。

你当时很小，怎么会有那么清晰的记忆？我小心地切断她的话。莲露一愣，说，很多细节是外婆告诉我的。我点头。莲露又说，它们跟我的记忆混在一起，成了我自己的故事。

莲露童年的记忆在棚户区里开始成型。那条具象模糊的普陀弄堂里的生活场景，透过她孔隙稀疏的记忆网筛滤出来，在苍白的布面上映出一片烟色的零碎影像。布面上不停地移动着她和舅舅一小一大的剪影，偶有外婆穿插其间。

莲露随外婆和舅舅住进棚户区的老旧工房。他们一家三口住在二层的一间小房里——“一家三口”是莲露谈到那段生活时最常用的词语。他们分到的房间不算小，可外婆的老式大床一塞进去，再加上几件从静安老宅里带出来的家具，空间立刻显得逼仄。莲露和舅舅分别睡在架床的上下铺。厨房在楼下的公用灶堂间。外婆非常不放心也不习惯要穿过杂乱肮脏的弄堂去上公用厕所，在家里为莲露备下木马桶。每天一早，洗涮家里木马桶的事情，就由舅舅担下。跟弄堂里的人家相比，年幼的莲露并不觉得自己家庭的特别。

幼小的莲露在小花旦母亲精致的美人坯上长出了揉入生父异国风情的容貌，又顺延了外婆天生的卷发，看上去就是一只细瓷烧出的洋里洋气的娃娃。她只要在弄堂里出现，总会惹得人们拦下逗玩。若是外婆撞上，就会不快地牵了她走开，还跟人们甩个话头，说我们家里的规矩是不作兴当面夸小女孩子好看的。一次二次说过，邻里的女人们给直愣愣撞得下不了台，就撇了嘴，七嘴八舌起来：咦，她又是哪家子呢？再看到莲露，各人脸上的笑就怪异起来。外婆的脸也更冷了。弄堂里的小鬼们见逗不着莲露了，就变了法子地戏弄起她来。在莲露被他们揪了几次头发，遭了几次他们的弹弓袭击，哭着回家后，外婆就干脆不许她单独出门下楼去找同龄的孩子玩耍了。

外婆很快被编入厂里的三班倒，在家里的时候一下少多了。舅舅从名校育才中学高中一毕业就撞上“文革”，升学梦碎。大部分同学被动员下乡，他以频发美尼尔氏综合征为由，申请留城治病。在家中待业一段时间后，被分到区里的铸造厂当翻砂工。关于这一点，莲露没有像描述外婆的纺织女工生活那样一笔带过。她特别说到，她有次随外婆去舅舅的厂里找他，远远看到瘦弱斯文的舅舅跟人扛着一桶沉重的铁水，在坑洼不平的砂土上歪歪扭扭地穿行，她觉得只要一个偏差，就可能倒地被铁水烫伤。她搂着嘴角颤抖的外婆不停地哆嗦。舅舅过来，穿一套莲露没见过的半旧深灰色石棉裤工装，不停地擦脸上的汗，让她想到流窜在弄堂里的那些野猫的脸。舅舅蹲下来抱她，她突然哭起来，响亮而悠长，引得工棚那头的人都望过来。外婆和舅舅劝了很久她才停下来。舅舅和外婆对望着，一脸的讶异。以后不要再带她来这里了，也不要带她去你那里。舅舅怜惜地摸着她的头，向外婆说。可怜的囡，太小了，很多事会怕的。舅舅又加了一句，牵牢她的手往外走。莲露说，她那时哭，不是因为害怕。她还没到上学的年龄，第一次从舅舅身上体会到了“心疼”的感觉。

住进棚户区后，舅舅几乎就没了社交。中学同学绝大部分都去了北大荒，他自己那些在上海的同父异母兄弟姐妹在动乱中自身难保，外公的死以“自绝于人民”定性后，彼此间更不敢往来。偶尔来家里走动的都是外婆的亲友，出入低眉顺眼，有弄堂里杂乱的街邻好奇攀谈，他们也总是笑而不语，匆匆来去。有时莲露问舅舅，你为什么不出去玩呢？舅舅就说，你看我多忙啊，要照顾你啊。见莲露不响，他马上又说，我是觉得跟你在一起玩更开心啊。莲露笑起来，说，那我们就是最好的朋友！舅舅点头，莲露伸出小拇指，两人勾起来。莲露说，那我们永远做最好的朋友！舅舅笑了，说，你是我的囡囡呢。后来舅舅跟莲露说过，他小时生在大家庭里，虽然有不少玩伴，但经常见不到父母，特别没有安全感。

他不愿意莲露也那样长大。他觉得，小孩子每天回家能见到家里有亲人特别重要。

他们在棚户区那窄小一居室里的家具也总是擦得干干净净，发着黑亮的光，让人忘了那老旧里的破败。家里买烧洗汰都由舅舅打理，连外婆和莲露的四季衣裳，也靠他车缝补改。舅舅毕竟是过了几天阔日子的人，用单调素净的布料裁剪出来的衣衫让莲露穿出去，托儿班的阿姨、弄堂里的女人们看到，常会扯近了细看那腰线怎么掐的，领口的小翻边又是怎么镶的，三针两线近似色缠绣出的小花又是怎么弄的。她们跟舅舅套近乎，请他帮忙裁剪衣裳，让莲露都能感觉到她们对自己的客气。面对女人们的热情，舅舅却鲜有表情，待她们不管不顾地说着，他偶尔淡淡一笑，以家事杂多将她们推开，让莲露那样一个小孩子，都觉得难为情。老师们反倒对她更好奇，不时跟她打听家里的事情。到了后来，莲露听老师跟舅舅说要给他介绍女朋友，这一说不打紧，舅舅再来接她时，连笑都不对她们笑了。

莲露早晨由舅舅送到街道的托儿班，傍晚又由他接回来，洗澡喂饭。按外婆的规定，没有大人的相伴，她不能自己出门下楼。这让莲露在绘制童年记忆的图表时，她总是人群中最矮最小的一位，远远地跟同龄人隔离着。但是，她从来没有在关于上海时代童年经历的描述里，用过“孤独”这样定性明确的词。天暖时，她爬到靠窗的八仙桌上，趴在窗台上，透过竹竿上衣衫的间隙，看小鬼们在拥挤杂乱的弄堂间东撞西撞地跑来跑去，踢毽子，滚铁环，砸沙包跳房。看到高兴时，她会咯咯地笑出声，引来小鬼们跑到窗下唤她逗乐，又邀她下楼一起玩。每到这时，莲露立刻缩头，从桌上窜跳下来躲起。舅舅见到也不责怪，干完了家务，就唤她到跟前，给她讲故事，从悟空八戒白骨精，到武松阿里巴巴卖火柴的小女孩水晶鞋，比托儿所里阿姨讲的《半夜鸡叫》《一块银圆》那些有趣得多。他还用自制的卡片教她识字，又用它们变出游戏，用来复习、造句。还教她很多算术，五岁多的时候，莲露就能将九九表倒背如流。舅舅还教她临帖练写毛笔字，又学画画。她在托儿所里简直成了神童，但凡有街道或区里的领导来参观，她总被领出来表演。在老师和小朋友面前，听那些老师见到都要屏气低声的人们不停地夸奖，莲露欢喜起来。再回到家里，总是缠着舅舅教她学新花样。到了轮休日，舅舅会带她去公园、动物园，学认植物和动物，回来又对着书本再认学，了解那些动植物的习性。夏天里，舅舅在公休日里总是会带上她坐很远的车子去区里的游泳池游泳，春天去远郊踏青，人们都认为他们就是父女。舅舅后来在给莲露的信里说过，如果他没有她的陪伴，那些日子不知会多么难熬。

其实我更像是个单身父亲带大的孩子——莲露曾这样强调过几次。怕我不同意，她又说，这种感觉贯穿我的童年和青少年时代。外婆呢？我问。莲露犹豫起来。

外婆这个当时家里成年女性的形象，在莲露的记忆里是愁苦的，以致她常常下意识地将外婆从记忆的网孔里筛出。按莲露的讲法，她不记得外婆笑过。外婆常搂着她，也不说话，搂着搂着，突然抹泪，由此哭泣起来，很久都停不下来，令莲露心惊。莲露觉得是自己不好，总惹外婆伤心。若只有她俩在家里，莲露常大气不敢出，怕什么事没做对，又惹外婆难过。

幼小的莲露对远去广西的父母从未有过想念。早期外婆还不时拿出他们在象鼻山前的合影给她看。外婆点着照片里那个穿着四个口袋干部装的父亲说，这就是你阿爸。见莲露不响，外婆便“唉——”地一叹，莲露那颗小小的心就缩起来。外婆又一点军官身边那个穿着泡泡袖上衣、深色裙子、站着丁字步的好看女子说，这是你姆妈，像煞阿婆年轻时呢。可怜啊——莲露起初很喜欢看相片里那好看的姆妈，可每回一听到外婆叹出这句，就知道外婆又要掉泪了。几次下来，莲露再从栗黑色的矮柜前走过，下意识地扭过头去，再不去看那上面立着的自己父母的照片。后来那照片忽然就不见了，莲露也没想起问一声。从那时起，莲露只有每次添新衣鞋帽时，才会听到外婆或舅舅说，这都是你姆妈给你买的啊。她跟母亲的联系，就这样简化成母亲每月从桂林寄来的二十元汇款。这笔总会引起外婆叹息忧愁的款项，在莲露心头成了一块定时出现的阴云，她怕它飘过时留下的雨滴。

在我的记录里，莲露关于外婆的回忆被打上不少代表需要思考的绿色星号。以莲露外婆的身世，她是吃过苦又有不少阅历的旧式女子，性格应该比较坚韧。但在莲露的视角里，我看到的那个普陀棚户区里的外婆明显带着抑郁症患者的特质。她当年被莲露外公从欢场上赎出，嫁给外公后备受宠爱，生儿育女，风光现世，真是活出另一世人生，让人不禁想起老戏里那类欢场女子资助穷书生进京赶考，书生中了状元后回头将那女子赎出正娶，她从此一步登天，最后成为诰命夫人的经典桥段。外婆正演着一部吉庆喜剧，却到了 1949 年后戛然而止。在外婆的意识里，外公是她在世人眼里“洗白”自己的唯一希望。不难想象，被迫离婚的莲露外婆在生活骤变中遭遇种种外界剧烈冲击波后，会有失去自尊和自信、被重新打入地狱的感觉，导致心理大厦坍塌。

莲露七岁那年的初夏，外婆突发心肌梗塞，从夜班的挡车机上晕倒跌下，经抢救活下，多个内脏受损，腿部骨折，身体极度虚弱，卧床不起。舅舅不久也出了工伤意外，一只手臂被烫伤，在街道的帮助下转回街道纸盒厂。在离开三年多后，母亲从桂林赶回上海。

穿着苹果绿色的确良短袖衬衫、黑色棉绸长裤，手提行李袋，身背一只灰色马桶包的母亲在窄小杂乱的弄堂口出现时，莲露正由舅舅牵着在路口迎接。母亲那年三十出头，短短的头发在脑后修得很薄，天然的卷发在前额曲出一个自然的大波，身材挺拔修长，举手投足，眉眼转动间很有舞台感，整个气质装扮跟这弄堂全不搭调，带着上海都罕见的一股洋气，引得路上的行人不停回望。莲露后来想，那是因为母亲早早去了南疆，跟上海断裂的创口还没来得及溃疡之前就被几千里的距离急冻了，待重新归来，却成了上海的新人。

见莲露他们走近，母亲迎过来蹲下，将手里的袋子搁到地上，握着莲露细小的双臂摇着。莲露看到她眼里的泪，那简直就是外婆日常的影像，令她心惊。莲露扭过头去，挣脱母亲的手，躲到舅舅身后。露露长这么大了，多好看的小囡啊！母亲轻叫着，又伸手过来。莲露觉得她的声音很好听，忍不住从舅舅腰间探出头来打量这个好看的女子。叫姆妈！舅舅拍她。母亲用手帕轻抹着鼻子，转头急切地跟舅舅说起话来，一路往家里走去。在莲露眼里，这个她要叫姆妈的女子太好看了，她身上那抹明艳的果绿缓缓地穿过灰乌乌的弄堂，像是一张飘到污水塘面的新叶，莲露觉得自己闻到了清香。她最后走向前牵上了母亲的手。母亲一惊，又笑起来，更好看了。

母亲的到来让小工房一下亮起来。莲露觉得家里简直来了个下凡的仙女，更要紧的是，这个仙女似乎还总在讨好她。母亲几乎足不出户，收拾停当了，就坐在外婆床前陪外婆小声说话。两个好看的女人，似乎有说不完的凄凉，彼此看着，长吁短叹。莲露听不明白她们的话，可她知道这对母女只要凑在一起说话，就能让大白的天光染出一层深暗，带连母亲原本好看的脸色不住发灰。

母亲只有在领着她出去逛菜场或百货店时才露出笑容。

母亲笑起来是那样的好看，晶亮的眼睛小飞鱼般灵活，尖尖的鼻子刀削出似的精巧，只要有机会，莲露就会伸手去捏一下。她们走在街上，总会引来人们的目光。母亲的美丽让莲露生出极深的好感，以致当母亲小心地跟她说，决定带她离开上海去桂林上小学，莲露兴奋地从窗前的椅子跳下来，打碎了一只墨绿色镂花玻璃杯，这举动引得母亲和外婆同时叫出声来。

对七岁的莲露说来，上海和桂林没有任何不同。关键是她可以从此跟在漂亮的母亲身边，让她在心里生出享受特权的优越感。在莲露的记忆里，外婆和舅舅都没有直接跟莲露提过她就要随母亲去桂林的事情。她只记得母亲和外婆在那段时间里说着话，不时会一齐望向她，急切地压着声音接着说下去。她竖起耳朵，听到她们谈的是舅舅。总是外婆说得多。我也舍不得囡囡的，将她放去那么蛮荒的地方，想到都难过。我老了。你兄弟也大了，该成个家的。家庭出身不好也罢了，我又病成这样，再拖养个外甥女，这可怎么弄？愁死人了。外婆反复的话，莲露后来都背得下来了。母亲总是反复安慰外婆，说她这回就将莲露带走，她如今在桂林的生活条件还不错的，有自己的小洋楼，虽比不了过去静安家里的气派，但也是上等人的生活了。如果外婆愿意，也可以接她过去跟自己住的。外婆一听就摇头，说她不要去那么远的地方，那在古时是蛮夷之地啊。莲露母亲就说，那露露我就带走了。外婆又摇头，说，我真舍不得她，一个这么娇气的小囡，生得多好看啊，这一去，怕再见不着了。唉，好在是跟着自己的亲娘，我也就放心些了。家里的气氛在母亲和外婆越来越重的叹息声里凝重起来，有些个夜里，母亲将莲露送上床了，待外婆也睡去，就跟舅舅到楼下公用灶堂间去说话，很晚都不上来。有天晚间，莲露趁外婆睡过去，爬下架床，光脚摸到楼下。灶堂间的灯很暗，她看见母亲和舅舅站在灶间通向后弄堂的门边，压着声，语气很急，像在吵架。见莲露近了，他们都大惊，舅舅迎过来，说，你怎么还不睡觉？莲露不响，舅舅蹲近来抱着她，转头去跟莲露母亲说，我还是那句话，她要在上海长大的！我是不能同意你带走她的，你不要再乱来！母亲站在黑暗中，不响，上前一步，在暗里狠狠掐了舅舅一把，示意他停住——在我的记录里，莲露对母亲和舅舅互动的这几句话，被画上几个问号。我想，在莲露的回忆里，显然有不少她自己填进的内容。

莲露在跟母亲离开上海的前夜，才对母亲将要带自己去的地方生出害怕。她的东西由舅舅打理好，装在一只老旧的牛皮箱里。舅舅专门给箱子擦了油。箱子在灯下呈出暗暗的光亮。舅舅在箱子的提把上系了条粉红格子的手绢，反复交代她凭这个记号看好箱子。

舅舅一早起来就为莲露梳洗，给她穿上一身新的花衣裤，换上新的大红色塑胶凉鞋。出门去火车站前，母亲和躺在床上挣扎着起身的外婆抱在一起。一对好看的母女脸都扭曲了，让莲露想到见过的弄堂里那些专业哭丧事的女人们。她贴上去，从后面抱住母亲。外婆示意莲露走到床前，摸着她的头说，到了那边，要好好听你姆妈的话，好生念书。莲露扯住外婆的手不肯放开。舅舅催促起来，说再不走就要赶不上火车了。她看着自己小小的十指，被母亲从外婆的手上掰离。

舅舅一手拎着给莲露收拾出的小皮箱，一手拉着莲露，跟在莲露母亲身后一路出去。舅舅不停地说，马上就要上学了，要晓得用功，早点学会写信，给舅舅和外婆来信啊。不要忘了舅舅。莲露在车厢里松开舅舅的手时，看到舅舅的眼睛红了，她追上一步，紧紧扯住舅舅的衣角，叫着：你跟我们去桂林吧！去桂林吧！她忽然想到，她就要成为一个没有阿爸的人了，大哭起来。舅舅掰开她细小的手臂，将她的手放到母亲的掌心里，跟母亲简单地说了两句什么，头也没回就走下车去了。莲露坐定后，才发现小衣袋里有舅舅偷偷塞下的二十元钱。莲露花过最多的是在弄堂口的小铺子用一毛钱买水果糖，二十元是天文数字。她将钱紧紧攥在手里，紧张地递给母亲，母亲一惊，眼睛随即红了。母亲将票子小心叠好，小声说，我帮你收着，到家再给你。母亲到了桂林将这二十元钱还给了莲露时说，舅舅对你是有大恩的，你将来长大了要报答他。

3

一天一夜之后，莲露随母亲走进桂林榕湖边市革委大院深处的一个小院。莲露从拥挤杂乱的普陀棚户区一脚走到这绿油油的安静处所，不禁屏住气。母亲微弯下腰，轻声对她说：这就是我们家了。见莲露还咬着嘴唇，母亲摸摸她的头，说，你外公家里当年比这阔气多了呀，唉——。莲露抬头，看到那是一栋坐落在桂树丛中的白色二层小楼，房顶和门窗是沉闷的暗栗色，外表跟那些老式办公楼差别不大。一条红砖甬道直通到小楼大门前的台阶下，两边有些她叫不出名字的花草和果树，小院里还有个水泥圆台、几张石凳。也许是桂树太密，遮蔽了阳光，树下的草皮看上去了无生气。

在一楼宽大昏暗的大厅里，莲露第一次见到继父。那是一个肥胖高大的男人，五十多岁的样子，看上去挺面善。这是爸爸——母亲拉着她的手轻摇着，告诉她，又小心地看向那男人。莲露一愣，觉得这个男人看上去好老，跟外婆该是一辈的，穿着半旧的背心，跟弄堂口那个补鞋的老头很像。莲露心下生出害怕，可她还是乖巧地轻声叫了那男人一声“爸爸”。那男人取下叼在嘴上的烟卷，笑起来，过来摸她的脑袋，说，好闺女，真是生得很好看啊，比照片上的还要水灵。欢迎你啊，这就是你的家了，喜欢吗？他的口音让莲露听得有些吃力，她却懂得乖巧地点头。继父愈发笑得欢心了，将烟卷在烟灰缸边一搁，去切茶几上的西瓜，递过来让她吃。莲露再一眨眼，看见男人那张脸随即又陷进烟雾里。

继父是从部队上“三结合”后转到市里的三八式老干部，山东莱阳人。在莲露的印象里，继父永远叼着烟，面色嘴唇给烟熏成灰黄，将母亲那张白净的脸色衬得气色特别滋润。

莲露被母亲领到楼上自己的房间里。房间不大，向阳。崭新的绿塑料纱窗外是桂树的枝叶，大概是缺乏修剪，离窗很近，又非常茂密，让屋里显得有些暗。在屋里能远远望到老人山主峰的那个老人头形，让莲露想到外婆靠在床头无力的侧影，不禁多看了两眼。靠窗摆着一张小书桌，有盏贝壳装饰的小台灯。墙边单人床上的凉席、枕头和毛巾被都是新的，看得出母亲去上海前就为她准备好了这房间。屋里还有两把椅子、一个小衣柜，东西看着都比外婆和舅舅家里的家具简陋，只有天花板上那只深草绿色的吊扇显出几分奢侈，让莲露看得有点发呆。母亲将她的小皮箱搁到小柜顶上，高兴地说，你有自己的房间了，喜欢吧？莲露有些发怯，不响。母亲过来搂搂她，说，很快就会习惯的，不要怕，我和爸爸就住在隔壁。

母亲一回到桂林，像变了个人，说话的音频也提高了很多，进进出出好像总在赶着奔去救火一般，经常是同时处理着几件事，跟莲露在上海时看到的那个总是轻声低气缓言慢语的斯文女子完全不同。那时普通人能有一件的确良衣裳就很不得了，莲露却看到母亲柜里有各种花色的的确良长短袖衫，还有深灰和咖啡色的确良布料做出的百褶裙。母亲将这些衣裳一套套穿出去，配着她那越剧花旦的底色，举手投足都让人看得发呆。莲露还惊讶地发现母亲能说一口道地的桂林话。母亲那时在市文化宫做文艺宣传辅导员，带群众文艺团队排练彩调或桂剧改编的样板戏，高兴时也上台轧几角，再加上是市革委会黄副主任的年轻妻子，连莲露都能感到母亲到处受人奉迎的派头。每到这种时候，莲露会想到在普陀区那个杂乱弄堂深处小工房里暗扑扑的外婆家，外婆说来就来的泪水，舅舅终日闷声忙碌的身影。她想，人们如果知道母亲家里的真相，大概就不会对母亲这么好了。这个想法让莲露变得安静，很少跟人搭腔，怕自己一不小心会将母亲家里的秘密说出来。她想，如果自己会写信的话，要去告诉外婆和舅舅，要他们一起到桂林来，就不会过得那么不开心了。

在莲露上中学之前，母亲从来没有跟她提过生父。后来莲露慢慢知道了，母亲是继父的续弦。继父有一女二子，都已成人。那女儿婚后住在军分区里的婆家。小儿子在外地当兵。只有在桂林城里当青工的长子住在楼下卧室里。继父的儿女们见到莲露都表现得很友好，“小妹”长，“小妹”短地唤着。初时，他们工休时会带她看风景逛公园，遇到熟人朋友，听大家都夸莲露生得洋气水灵，他们看着很欢喜。但莲露不久就发现，其实他们并没有舅舅那种与一个小孩子长久相处的耐性和兴致。他们很快就把她这个小孩从自己的生活中撇开了。

住在家里的继父长子看上去跟莲露母亲年纪差不多。莲露随大家叫他“辉哥”。辉哥个子壮实,皮肤黝黑，脸相应该是像他那也是山东莱阳人的生母，小而亮的眼睛，非常北方。辉哥喜欢穿劳动布工作服配宽大的确良军裤，那是当年的时尚。辉哥非常活跃，交游广大，只要他一回来，家里出入的人就没断过。他常招来一堆堆年轻人聚众吃喝。继父不是出差就是下乡、蹲点，经常不在家。母亲跟辉哥带来的那些年纪相仿的男女就总混在一起，她看上去特别高兴，完全没有辈分之分。她给他们烧菜做饭，一楼的厅里，仿佛总在开席，烟雾缭绕，酒气熏人。那些年轻人总在喝高之后开始唱歌，母亲就给他们拉手风琴伴奏，有人吹口琴。他们唱的都是外国歌曲，一本本手抄的歌谱翻到哪页唱哪页。有时母亲喝得脸红了，会站起来给他们清唱传统越剧单曲，小年轻们更欢腾了，敲瓶敲碗地伴唱起哄，没有人在意莲露这小孩子的来去。到了吃饭的时候，莲露总是自己快快吃过，又独自回到楼上自己的小房里待着。就是继父在家，他也是跟年轻人打过招呼，随便吃一点就离开，自己读报看书或吸烟去了，好像那些热闹跟他无关，看上去完全没有脾气。莲露在楼上听到楼下哄笑声中母亲的狂浪尖声，觉得母亲离自己很远，就想哭。但她不愿自己成为外婆那样动不动就流泪的人，就默默地写字看书。

继父的家在大院深处的僻静角落，莲露下学回到家里就很难再出去了。大院里的孩子跟小院人家的孩子来往又不多，莲露感觉非常孤单。她像在舅舅家那样爬上窗边的椅子，看到的只有眼前的桂树和远处的山影。她想念起弄堂里小鬼们的嬉闹声，便自说自话地学着他们，用上海话叫喊，甚至说些粗话，自己咯咯笑了，又静下来。莲露很快还发现了母亲的心思也不在她身上。继父不在家的时候，莲露下学回到家里，经常到天黑也等不到母亲回来。她就吃母亲前一天买来的菠萝面包，或胡乱热些剩饭剩菜吃下。小楼虽不大，天一黑下来，楼上楼下黑乎乎的一片，感觉非常瘆人。楼下客厅里那台当年平常人家罕见的 9 英寸黑白电视是莲露的最爱。她平时总会守着看到夜里十点节目播完。可家里一空，她连心爱的电视也不敢开，待天一黑就躲回楼上自己房间，锁上门，开亮所有的灯，将收音机拧到最大音量，一做完不多的作业就上床睡觉，不是忍到实在不行了，她都不愿出门去走廊尽头上厕所。

母亲每次夜里回来，总说是在加班或导戏。莲露慢慢发现，常常是母亲前脚到家，辉哥后脚也就回来了。莲露对这样的巧合感到莫名紧张。有一次，他们大约是夜里十点多才回来，莲露已在楼上睡下。母亲蹑手蹑脚地推开她的门，轻声叫了她两下，又轻轻合上门离开。莲露在黑暗里张开眼睛，想起在普陀工房里跟外婆和舅舅在一起的日夜是那么安全。舅舅总是在明亮的灯下将她抱上架床，让她在舅舅和外婆的轻声细语中安然睡去。莲露开始流泪，过了一阵才停下，迷糊睡了一阵，起身上卫生间。她推门出去，正要穿过走廊的时候，一眼看到楼梯口上母亲的身影。莲露从黑暗的屋里出来，瞳仁不需调节便能将黑道里一切看得很清楚。她一下意识到其实那是两个人的身影。大概是听到了响声，那对身影立刻分开。其中那个高大的身影往楼下一闪而去，在木梯上留下咚咚的足音。直觉告诉她那是辉哥。莲露听到自己的心跳，她“啪”地拧亮走道上的灯。灯光很暗，但足以看清楚在楼梯口直立着的母亲。深秋的桂林，夜里已有寒意，莲露的鼻里是桂花的香气。母亲只穿了乳白色带月牙边的紧身背心，碎花的宽腿三分睡裤，光着脚丫，头发凌乱，脸色绯红，两颗眼核亮得如水里捞出的葡萄一般。莲露从来没有见过母亲这样的容颜和打扮，惊在那里。母亲下意识抱紧双臂，但莲露还是看到了母亲半裸的丰满乳房，乳头清晰地在薄薄的针织棉下耸立着。莲露打了个激灵。就听得母亲说，你快上厕所吧。我睡下了才想起，好像忘了锁大门，刚下去看了看。莲露下意识地答：门锁了吗？她的声音带着很重的鼻音。嗯——母亲点头，想起什么，趋前一步，问，你怎么了？莲露不响，回到屋里，在黑暗里坐了很久。莲露觉得自己并不是母亲的孩子，自己到底没在她身边长大，在母亲眼里还不如辉哥他们亲。莲露生出想回上海去的强烈愿望，有几次独自在家的夜里，她将舅舅给她从上海带来的小皮箱找出，认真收拾起来，等到天亮，又明白那不过是白日梦。她萌生出要给舅舅写信的想法。

莲露到桂林后不久，就开始收到舅舅从上海寄来的包裹。开始是由母亲去邮局取了带回来。舅舅寄来的东西，不仅是桂林城里看不到的新鲜玩意儿，就是莲露在上海时，也很少能在家里见到：五颜六色玻璃纸包装的糖果、花生牛轧、大白兔奶糖、奶油五香蚕豆、奶油话梅。还有不同香型的彩色香水胶擦，带磁铁口的大熊猫图案海绵大笔盒。每次拆开邮包，母亲都会“啧啧”地说，都是这么贵的东西，你舅舅哪有什么钱呢！莲露相信母亲会写信跟舅舅说同样的话，可包裹却没有停过。舅舅还寄来为她缝制的样式特别的衣衫、红色丁字猪皮鞋、粉红色尼龙纱巾、好看的尼龙花袜、鲜艳花俏的彩色发夹发箍。母亲翻看着舅舅做的衣裳，又会叹气，说起自家兄弟可怜，那么聪明，心气高的人，弄到连个老婆都娶不到。莲露便问为什么呢？母亲摇头，说，高不成低不就啊。家里又是这个环境，人家还得挑你呢。你说怎么办好啊？莲露怔住，连母亲都发愁的事情，她更没有主意了。母亲也似乎只在这种时候会想起她的兄弟，一放下包裹，出了家门，又是另一番天地，每天都欢喜快活的，真不像是有老母亲躺在床上不停落泪的棚户区人家的女儿。

莲露将舅舅寄来的奶糖慢慢吃了，将糖纸小心收集起来，用水泡开，展平，晾干了藏到书页里。那时小学生里流行收集糖纸，莲露将自己的收藏带到学校，同学们围上来抢着看，都想跟她交换。莲露一时成了同学间的热门人物，课间总会有不同年级的人过来找她，要看她的收藏。这让她想起小时候在上海的幼儿园里，舅舅教会她早早识字绘画，被人当作“小神童”来关注的日子。她开始给舅舅写信，开始写得很短，写好了，走到院外小街上的邮局去寄，也不告诉母亲。舅舅的回信总是非常及时。母亲知道莲露跟舅舅通信后，显得很开心，给莲露买来好些邮票。舅舅总在信里交代她早起早睡，不要挑食，出门过马路小心，别跟陌生人搭腔。又关心她的学业，鼓励她好好念书，说只要会念书，将来长大了才不会被人瞧不起。莲露每每读到这类话，会有些难过。她想告诉舅舅，在桂林没有人敢瞧不起她们的。转念又打消了念头，怕这样会和舅舅生分了。舅舅在信中告诉她外婆的近况，说的总是外婆能下床了，外婆能吃不少了，外婆能自己洗澡了，外婆很想她，等等，都是让莲露开心的消息。舅舅却从来不说自己。莲露告诉舅舅自己在桂林的生活，市井趣闻，功课，想到什么就写下来，信寄出去，心里就有安妥的感觉。她知道舅舅会认真地听她那些别人都不会在意的闲话。舅舅在她脑子里的形象慢慢模糊，她给舅舅的信却越写越长。

莲露夜里在楼道上撞到母亲和辉哥后不久，辉哥就搬出去另住了。辉哥跟人们说单位里分到了房子，又谈了个女朋友。辉哥一走，只要继父不在家，母亲显得更忙了，回家越来越晚。家里过去那些一场接一场的年轻人的啸聚，说散就散了。继父在家的时候，莲露看到母亲穿着睡衣在安静的小楼里无声穿行，拆拆洗洗，然后慵懒地斜靠在躺椅上，在继父吐出的烟雾里翻翻书报，看上去没精打采，心里竟会有些难过。虽然继父不在家时，她和母亲相处的时间可能更少，她还是更喜欢看到母亲活跃欢喜的样子。继父对莲露是温和的，出差回来，不时给她带些土特产。他的话很少，因为抽烟过多，天气一变，就拼命咳，进而有些喘，就更没有多少精神，让莲露都为他揪心。家里人的这些事情，莲露从来没有告诉过舅舅。

在跟舅舅频繁通信的时光里，莲露一路上学，学会了一口桂林话，长成一个矜持的桂林女孩。

带莲露离开上海后，母亲利用出差的机会回过两次上海，并没有将莲露带去。母亲带回舅舅给她的各种礼物，还有一些桂林不易找到的连环画小人书。母亲告诉她，外婆的身体看起来越来越差了，又叹息舅舅还是没能成家。到了 1978 年春节，“文化大革命”总算过去了，舅舅在给母亲的信里说，区里有人来谈落实政策的事了，过去被扫地出门的很多大户人家都在传，老房子有退回的希望。就是外婆的身体状况让人担心，她也总在叹说怕等不到那一天，又很想念莲露，想见见这唯一的外孙女。舅舅在信里说，若是可能，看能不能带莲露回上海看看外婆。十四岁的莲露将舅舅的信拿过来，念着上面的“回上海”三个字，几乎要哭出来。母亲的心情明显好起来，揽着莲露的肩说，我们春节就回去看外婆。

莲露一放寒假，就随母亲去上海。母亲为她准备了一个小小的黑红墨绿三色格子图案的旅行袋，她将一直藏在柜子里的那条舅舅当年为她系在小皮箱的粉红格子手绢找出来，小心地在旅行袋上系好。

莲露感觉上海跟自己离开时相比几乎没有变化。除了弄堂显得更拥挤之外，她没有一点陌生的感觉。比起莲露已经习惯的桂林居所的空阔，外婆和舅舅的工房显得非常拥挤，可莲露一看到自己小时睡的铺上收拾得干干净净，一家人一关上门，哭笑着抱在一起的热闹和贴心，她想自己是宁肯留在这里的。

母亲只在上海住了大约十天，一过大年三十，留下莲露跟外婆和舅舅过寒假，自己就赶初一的火车回桂林，说要带队去郊县各处作新春巡演。

外婆已是一头雪白，脑后盘出大大的发髻，看上去虚弱而衰老，令莲露想到“风烛”二字，鼻子发酸。按母亲说的，外婆是因为没有康复的意愿，所以身体越来越差，偶尔下床，撑着拐杖走几步就要坐下，腿就更加没力，最后就这样再也站不起来了。外婆眼睛还是很亮，目光落到莲露身上时，愣了一下，随即伸出双臂，眼泪就涌上来。莲露的鼻孔里是久违了的外婆总是带点清凉油混着淡淡花露水的气息。她快步上前，和外婆抱在一起，没想到自己“哇”地就哭了起来。外婆送给莲露的见面礼是一条藏了多年的纯金项链，带一块有莲花和鸳鸯纹案的挂件。外婆将挂件交到莲露手里时，用细长苍白的手指点着上面的莲花说，这么巧，上面有莲花呢。这是你外公送给我的。唉，他都走了那么多年啦。看来你是我死前见得到的唯一的孙辈了，这就留给你，它会保佑你的。莲露抬头，看到母亲含着泪朝自己点头，她才接过外婆的礼物，紧紧捏在手里。外婆又搂着莲露说，送你去跟姆妈是对的，如今生得这么好，比外婆都要高了，多耐看，是个迷人的囡囡了。莲露听到外婆对自己用了“迷人”这样的罕见字眼，再去照镜子，忽然也觉得自己像个大姑娘了。

弄堂里的邻居看到十四岁的莲露，都很好奇，七嘴八舌地夸着她的好看。他们说她不太像上海本地的小姑娘，却一点也不乡气，又惊叹她眉眼里有说不出的异国情调。舅舅对邻居似乎也没有从前那样冷漠，听他们夸莲露，总是特别欢喜。

舅舅那时已三十出头，仍是单身，已从糊纸盒的小工变成了街道纸盒厂会计。跟过去不同的是，舅舅开始吸烟，让家里小小的屋子带上了烟草气息。舅舅起初怕莲露不习惯，总是一早就开窗吹一阵。莲露说太冷了，不要开窗了，桂林家里比这里烟味浓多了，很习惯的。莲露问他为什么要吸烟，舅舅笑笑，说，解闷啊。你很闷吗，舅舅？人抽烟是因为烦闷吗？莲露有些吃惊地问。舅舅一愣，拍拍她的脸，苦笑了一下，没答。

舅舅看上去像是缩小了，年过十四的莲露已可跟他比肩。因有多年频繁的通信联系，莲露看到舅舅，感觉自己好像从来没有离开过。莲露跟在舅舅身边出入，总是很自然地拉上他的手，有时走着，脑袋会靠到他肩上。舅舅肩膀上坚硬的骨头也是莲露熟悉的，让她想起小时候被舅舅抱起，头歪在那上面时小脸被硌着的感觉，如今还带上了她习惯的一种烟草气息。舅舅没事就带她逛街，买书，买上海街头已经出现的各种化纤涤纶面料的花俏时装，都是桂林城里没见过的样式。跟过去最大的不同是，舅舅还带她下起了馆子。莲露已经知道心疼钱，总不大肯去。舅舅悄悄告诉她，外公留下的一些被冻结账户已经解冻了，让她一个小孩子不要为钱的事担心。这些将来都会是你的，舅舅又说。这些话让莲露想起舅舅那年在火车站塞给她的那二十元，觉得舅舅真是最亲的人。

按莲露的陈述，她对舅舅的感情，在随舅舅去苏州和杭州的旅程里发生了微妙的变化。“微妙”这个词一下抓住了我的注意力。在记录里一片密密麻麻的冷色中，这两个被我标成玫红的字眼，令人难以回避。莲露紧接着加了一句：那时我已经有过初潮。怕我没听明白，她又说，她对自己和舅舅的性别差异，开始有了意识。这是莲露最接近问题核心的表述。我在此处将她截住，请她解释这句话的意思。

我的话音落下，屋里一片死寂。在我们一个多月的会见中，莲露一直特别热衷讲述自己的童年，却对治疗需要做的功课，比如回答那些引导她认知自己心理状况的问卷、被临床实践证明非常有效的“苏格拉底式提问”，并没有配合的意愿，常在很多栏目下留出空白，在小组互助性治疗活动中也基本沉默。可以想见，当我听到她罕见地对自己的心理作出分析性评论时的兴奋。

时近晚秋，窗外的枫叶开始变色，加州湛蓝的天空深邃辽阔，有一架飞机在缓缓移动。莲露突然捂住脸，开始抽泣。这是莲露第二次在诊谈过程中哭泣，又是因为舅舅。我安静地翻回最初的笔记，将蓝色的“舅舅”又画了几圈。定睛一看，意外地发现它很像一块磕出的伤疤。我耐心等着莲露的情绪安定下来。我不会在她没有彻底准备好的时候，要求她去揭那个伤疤。我的工作目标是创造心理条件，引导她促使那块伤疤结痂，然后自然脱落。

莲露停止抽泣后，从手袋里掏出一瓶水，喝了两口，又开始忆述。

莲露和舅舅在苏杭，都是住在外婆娘家的亲戚家里。时局已变，多年未走动的亲戚都很热情，一路玩得很尽兴。从杭州回来，离莲露回桂林不到一周的时间了。他们一回到上海，就撞上外婆突发高烧。他们将外婆连夜送往医院。外婆被诊断为急性肺炎，住院治疗。家里就剩下莲露和舅舅两人，整个空间好像一下就扩展了很多。令莲露感到有些陌生。白天舅舅上班，她就转两趟公车去给外婆送舅舅前一晚备下的饭菜，陪在外婆身边，到傍晚再回家。到了离开上海前一天，外婆看上去虽然还很虚弱，但病情已经得到控制。莲露跟外婆道别，说明天就要回桂林了。外婆拉住她的手。莲露低下头，怕看到外婆的泪眼。可这次外婆没有哭，只轻声说，看到你长得很好，又跟在姆妈身边，我很放心，你看上去就是有福气的小姐相。如今世道也变了，会有好前景的。回去好好念书，将来考回上海读大学。莲露点头。外婆就叹了气，说，只怕这是最后一面了，不过我开心的，看到你长大了。你回去后，记得常来信啊。莲露握着外婆柴禾般枯瘦的手，不停点头。

莲露在黄昏里提着装着保温壶和大瓶小罐的篮子从医院出来，站在街边等公车时，想到这怕真是见外婆最后一面了，退到医院的围墙边哭起来。有路人停下问是不是为了家里人的病？又劝两句。她点点头，又摇头。她想起很多年以前，坐在舅舅的黄鱼车上从静安去往普陀的傍晚，她缩在外婆的怀里，很清楚自己是有爹娘的人，心里是欢喜的。她眼下就要回桂林跟她唤作爹娘的人继续过日子，却觉得心里空得荒凉。

莲露在那个傍晚到家时，天已完全黑了。天非常冷，风声很大，家家户户都严实地关上了门。舅舅在弄堂口焦急地等她，一见莲露，他就往她头上搭上一条厚厚的毛线围巾，又帮她在脖上系好。莲露待舅舅接过她手里的篮子，很自然地挽上他的臂膀，心里忽然觉得有些怪异,痒痒的,是她不曾体会过的一种奇异的感觉。舅舅问：跟外婆道过别了？莲露“嗯”了一声，就听得舅舅叹口气，说，怕这是最后一面了啊。所以你不肯去？莲露问。舅舅沉默了一下，搂紧她，说，你真是长大了。

那个夜里，舅舅烧了好些的菜，温了黄酒，一杯杯地喝着，不说话。莲露转眼看到舅舅已为她收拾好的行李，开始流泪，说，我不要去桂林，不要去。舅舅起身用暖瓶倒了水，拧了毛巾过来给她擦脸，说，那就不去吧，舅舅也舍不得你。说着，将莲露搂到怀中。莲露说，她清楚地记得，她看到了舅舅红红的眼圈。她有些害怕，问：你哭了？舅舅开始亲她的脸，咕噜咕噜地说着什么，莲露没法听清。他的眼神已经发直，嘴唇贴到了她的唇上。莲露闻到了很重的酒气。舅舅的胡茬在她嘴唇和面颊上磨蹭着，让她的身体打着激灵——老实说，我是有些兴奋的。我想我是有逢迎的，完全没有抗拒。如果我当时拒绝了，我——回忆行进到这里时，莲露又开始哭泣，不能停止。我起身拿来纸巾递给她，说，如果你愿意，我们今天可以停止在这里。

莲露喝了一口水，揩着泪，眉目扭曲起来，手撑到上腹，目光发直，轻声说，好痛。我一愣，问她是不是胃，未及等她回答，我已反应过来，她并没有听到我的问话。她半眯着眼睛，说，整个人给撕裂的那种痛。我看到了血，在一团粗糙的手纸上，我看到了——她的嘴唇哆嗦着。

舅舅在哪里？我小心地提示。这是重要的一关。她需要倒出来，理清细节，才能清理创口。她抬头看着我，眼神空茫。我需要确认的是，你是在说，在那个夜晚，你受到了你舅舅的性侵犯？——我说得很直接，不让她有机会回避最本质的问题。她不响。我再接上去：你可以暂时不说细节，但请你回答，Yes or No？一个不长的停顿，她点头，说，他跪在那里。她的眼睛一斜，看向墙角，那眼神灵活得好像此时看到舅舅就跪在那里。她再一次绕过问题的核心。

很多年来，我一直在想，其实我也有错。莲露不看我，顾自往下说。你为什么会说自己有错？我打断她，试图引领她回到对自我心理状态的分析。今天我回头看，我的很多行为不够检点。我那时已经发育得很好，很丰满了，但我在屋里连换衣服还是像小时候那样，对他完全不回避。我又经常主动地跟他有太亲热的身体接触。真的，这么多年了，我从来不敢说，其实舅舅很可怜的。

他是成年人，你那时不是。这是关键，其他都是次要的。看清这点，对理清核心问题非常重要。我再次打断她。按你目前的说法，舅舅在你十四岁那年的春天，对你有实质性的性侵犯行为。莲露揩了揩眼睛，没有回答。她眼睛睁得很大，看着我，带着很深的悲伤。许久，她才勉强地轻轻点头，情绪稳定下来。过了一会儿，她又接着叙述。

莲露蒙在被子里哭着。在1978年的春天里，十四岁的莲露其实并不很清楚在自己身上发生了什么。她哭的是那从未体验过的疼痛。令她更为震骇的是，那剧烈的疼痛竟是她一直依赖着的舅舅给带来的。她感到极深的惊恐，缩在被子里发抖，不知道下面会是什么。

屋里的灯接着就黑了。莲露听到很轻的开门声。舅舅出去了。她轻轻地掀开被子，在黑暗里瞪着眼睛。鼻子里浓重的烟酒气令她想吐。直到下半夜，她都没再听到门响。她不知道舅舅那天夜里去了哪里。这倒像她在桂林习惯了的生活。莲露在窗帘显出微微的灰光时，迷糊了过去。

第二天一早醒来，舅舅出现在床头。他的头发好像突然松散了，耷下来，胡子拉碴，脸色愈发暗了，衣裳上很多褶子，带一股酒酸气。莲露觉得已经不认识他。舅舅给她倒来洗脸水，做了早餐。舅舅将毛巾递到她手上时，她的手下意识地缩回，毛巾掉到被子上，洇湿一片。再一抬眼，看到舅舅好像又缩了一圈的身影，躬在墙角收拾她的行装，头顶绕着灰蓝的烟圈。

一路去往火车站，莲露和舅舅都没有说话。在站台上，舅舅将行李和车票递到莲露手里，掏出一支烟抽上，犹豫了一下，说，你路上要小心啊。再会了。莲露咬着嘴唇，不响。舅舅将手搭到她肩上。莲露扭了一下身子，想要甩开他。就听得舅舅沙哑地说，舅舅永远都是最喜欢你的。莲露还是不响，拎了行李，转身上车去了。列车缓缓驶离车站时，莲露看着车窗外成片成片灰乌乌的上海民居，想到病床上的外婆，觉得自己再也回不来了。

莲露当天中午在火车上上厕所时，感到下体刺疼。

到了下午时，已发展为尿路感染，频频跑厕所。小便都是血，伴着强烈的烧灼感，脸色苍白。邻座的阿姨知道了，着急地帮她去找列车员，要来消炎药，又催她多喝水。莲露苦着脸到了桂林，开始发烧，一进卫生间就疼得哆嗦，脸色愈发惨白，又死活不肯随母亲去看医生。一点小事就会哭叫，完全变了个人似的。母亲警觉起来，来到她床边坐下，反复追问。

那是寒假结束前的一个午后，家里没有其他人。已是多日阴雨，非常寒湿，莲露蜷在被里，不停地打战。母亲的声音越来越响，最后揪住她的耳朵，不停地扯。到底是怎么回事？为什么不肯去医院？这样拖下去，肾都可能坏掉，你还想不想活了？母亲叫。莲露抖着身子，将事情说了出来。母亲先是抽了她一个大耳光，叫道：你这个死妖精！这么小，怎么就会瞎编这个！莲露偏过头去，母亲又揪着她，再抽了一个耳光。莲露哭起来。母亲起身离去，走到门边又停下，伏在门框边压抑地啜泣，最后轻声呜咽。莲露用被子蒙着头，满耳都是淅沥的雨声。母亲停下后，出去捏了把毛巾，过来给她擦脸。莲露缩成一团，母亲倾身过来抱着她，轻轻拍着，眼泪又流下来。

我在这里打断莲露：你母亲是唯一知道细节的人吗？莲露点头，又说，当然还有他——是三个人。

母亲说，人说红颜薄命，我们是全家都命薄啊。这事姆妈求你了，你千万不能出去说，千千万万啊。任何人都不能说。将来就是嫁人，也不能跟你男人说。要不你会是千刀万剐的命。姆妈别的话你可以不听，但这个一定要牢记，一辈子都不能忘记。母亲一句比一句用劲儿的叮咛，将莲露从上海带回的惊叹号放大成了蘑菇云。她不明白母亲话语里的逻辑，却被母亲的慌乱吓住了。如果你说出去，你舅舅会被枪毙的，怎么说他也是你舅舅，他养育过你啊。他不会是故意要害你的，他肯定是喝醉了。你不要他被枪毙，是不是？是吗？母亲摇着她的肩，唾沫星飞到她的脸上。"枪毙"二字，将莲露吓住了，她抱住母亲的腰，抱得很紧很紧，轻声叫着：我不会说的，我死也不会说。母亲抚她的头，很轻柔，说，可怜的囡囡，姆妈对不起你。这是万万都没想到的事。但你不用担心。他从此会从你的生活里消失得无影无踪，再也影响不到你。你是个多好的孩子，漂亮聪明又懂事，你会有大好的前途。一切会很快就过去。你一定要相信姆妈的话。

莲露吃下母亲从医院开回的药，又按母亲的指点泡药浴，感染症状果然很快消退。她按母亲的意思，将往事关到小黑盒子里。又按母亲的叮嘱，在那黑盒子上死死敲上钉子。从那以后，她再也没有接到舅舅的信和他寄来的任何东西。上海从此一刀两断，好像她跟那里从来没有过联系。连外婆什么时候去世的，母亲都没有告诉她。

莲露并不知道舅舅是否还活在世上。你想过要打听吗？我问。她摇头说，为什么要打听呢？也许他结婚了，毕竟日子好过了，房子退还了。外婆已经去世，连我母亲也分到不算太少的财产，我想他中年后的日子不会太差。停了一下，她耸耸肩说，当然，有时也会想一下。是好奇？还是牵挂？我问。她表情带点凄凉地笑笑，说，毕竟他是我曾经最亲的长辈，你说呢？你能不能描述你此刻对他的想法？我又问。她看着我，咬紧嘴唇。没等我再张口，她又说，想法总在变，海里的波浪那样。但总的说来，我希望他过上正常生活吧，有自己的家庭和孩子。说着，轻叹一声，毕竟这么多年过去了。你恨他吗？我问。她不响。我看着她，又一次提醒：你想从滑板上站起来的话，你先得驾驭波浪而不是回避，这是我们要一起做的功课，需要你的配合，真的。她想了想，轻声说，等我自己有了孩子才知道，要带大一个孩子有多么不容易。

莲露在舅舅从她的生活中退场后的那年初夏，由母亲领着到榕湖边上的市委招待所和生父见面。母亲在路上交代她，不要跟他讲家里的事情，见莲露不响，母亲捏紧她的手，又叮嘱，特别是你外婆他们的事——莲露一听到“外婆他们”四个字，像被蜇了一下，慌忙点头。

在市委招待所昏暗的前庭里，母亲将她领到生父面前，让她叫那个着一身藏青中山装的瘦削男子“爸爸”。莲露嗫嚅着。这个词，她已经对继父叫了那么些年，忽然又冒出一个同样称呼的陌生男人，莲露心里生出害怕。母亲凑到她耳边，小声说：他是你亲爸，你不要这样，叫啊。莲露才冲那个男人叫了一声。母亲松开手，笑着将她交给那个男人，说好下午下班后来接她。

生父很瘦，面善，说话带很重的壮语口音，让莲露不习惯。他领着莲露一路出来，轻柔地说着话，告诉莲露他如今在南宁工作，那里的家里莲露有两个弟弟，都很乖，让她将来有机会去南宁跟他们玩。生父没有问莲露任何关于她家里人的事情，也没有多问她在上海和桂林的生活，只是说，女孩子还是留给妈妈好，看你长得这么健康，我放心了。生父并没有像其他成人那样，初次见面总是夸她好看，让莲露有些意外。她很想问生父当年为什么和母亲分开，却不敢开口。生父领她一路出来，站在街头，一时不知要去往哪里。他提议带她去叠彩山走走，莲露不肯。生父自语般地说，你不知道从明月峰顶看桂林有多么美啊。莲露不响。她跟辉哥他们去过，老师也带她和同学们去过。确实很美，她想，但她不愿意跟这个男人去那里，哪怕他是自己的生父。为什么？我在这里打断她。莲露很深地看我一眼，苦笑说，那山间太僻静了，我不要跟他去。

莲露从那个上海寒假之后，发现自己只要跟男性独处就很紧张，哪怕是在家里。只要母亲不在家，她就总将自己的门反锁着，必须出来时，总是蹑手蹑脚，生怕弄出声响，引来继父他们的注意。她开始喜欢上学，也开始喜欢参加学校的活动，那里人多，让她觉得安全。生父只得带她到中山路逛街吃米粉，到冰室吃冰激凌喝汽水。她跟着生父穿行在闹市，被赤白的太阳照得流汗，忽然想起跟舅舅在上海的时日，也常是这样的情景。她下意识地挽住生父的手臂，又马上松开。生父温和地看着她笑。莲露看到他那张陌生而平静的笑脸，突然觉得自己多事。

莲露傍晚随生父回到招待所，远远就看到站在前庭台阶上的母亲。她随母亲离开，走到招待所大门时，忍不住回头望了望，看到生父正在上台阶，并没有回头。她的鼻子有点发酸，就听到母亲问她，他有没有问她家里的事情？有没有打听外婆他们的情况？有没有问她对继父的看法？完全没有。没有。没——她的回答全是否定的，又全是事实。母亲吐了口长气，表情有些失落，一路再没说话。

生父走后，就没了消息。莲露觉得生父是喜欢她的，起初还隐约期待着他或者会有信来，但她很快就失望了。莲露不知道是母亲让他不要跟自己联系，还是生父自己的决定。她再次见到生父，已经是从美国回去探亲的十多年后了。因为是到了南宁，顺便的——莲露说到这里，表情很冷。

4

朱老师的名字从莲露的叙述中跳出来时，莲露在诊所的疗程已经过半。

莲露持续回避面对当年在上海遭受舅舅性侵犯事件

的细节和受创后心理状态的辨析，她的表现清楚地显示出治疗阻滞点就在这里。而在这时，我意识到自己在诊疗过程中倾注的同情开始愈发地个人化了，我明显地意识到我其实根本无法对另一个病人倾注同样的热情和耐心，这令我开始担忧。在莲露又一次带来多项空白的治疗问卷时，我向她提到她可能要面对转看其他心理治疗师的选择。

莲露的表情有些意外。她没有立刻回应，盯着我，嘴巴微张着，嘴角上翘的线条让她看起来在微笑。她那天穿着一身铁灰色衣裤，看上去像坐在谈判桌边的女强人。我给她盯得有些不自在，侧过脸去，看了一眼窗外，深秋里的枫叶已挂出的一树金红。

莲露将问卷拿回去，低头看了看，又放回来。她的手势有些轻慢，卷子像是给甩回桌上。所有的问卷，我都认真读过、想过的，她的声音里有种在她是罕见的坚定。我控制着自己的情绪，耐心地说：那么是什么妨碍了你回答这些问题呢？要知道，认真回答这些问题是治疗的核心步骤。这些问题不是随手拈来的，是认知行为心理学临床实践经验的结晶。它们会帮助你梳理自我心理的认知和情感，比如自责，负疚，缺乏安全感，不稳定的情绪，深度的悲伤，处理两性关系、婚姻关系的困难，是不幸有过你童年遭遇的人在成年后会遇到的典型问题。设想你在海里冲浪，若想不被巨浪吞没，你得驾驭好滑板，从风口浪尖穿过。要冲进浪里，才能冲出来。如果你只是躺在小舢板上……我没有躺在小舢板上。莲露打断我，眼睛往我身后墙上那幅巨浪照片扫了一眼。

你请继续——我看着她，点头说。她斜一眼台面上的问卷，说，我虽然没有怎么回答这些问题，可我是都认真看过，也想过。所有的问题，就算是我没有回答的，我都仔细读过。

莲露盯着我，说，你肯定觉得，我最后一次在上海遭遇的事情是问题的关键。可我想过了，其实那件事我已经放下了。我马上说，当然没有，你是一直强迫自己忘记，比如我们现在谈论它，你甚至都是用“那件事”“上海那次”这样的话语，你甚至无法将舅舅的名字跟那件性侵事件联系在一起说出来。你掩着耳朵，可那只铃仍随着你的移动不停地响。你得将那铃摘下来。刚说完，我就为我自己的武断和说教感到了后悔。我还意识到自己的嗓门提高了，情绪也显得急躁，仿佛在竭力说服莲露。

莲露愣在那里，皱着眉，微眯了眼睛，像是刚从暗房出来，一下还不适应室外的强光。我冷静下来，等她的反应。她摇摇头，说，不对。我的问题不在过去，而是在眼前。我要解决的是如何处理眼下的问题。说着，她看了我一眼，那眼神里有着难以描述的温和。

嗯，你说了解铃——她又说，那个铃是解下来过的。朱老师是解铃人。只是，突然有一天，系铃也是解铃人。说到这里，她斜来一眼，苦笑。她的脸色在明亮的屋内显得有些苍白，跟平时丰润的气色很不同，在一身铁灰的映衬中，显出平日里少见的憔悴。

莲露在后来的叙述中，一直用“朱老师”称呼她的丈夫。在福建三明长大的朱老师，1983 年春天从北师大毕业后，分到当时是电子工业部直属的桂林电子工学院教书。莲露高中毕业时，母亲说自己一生见多了，觉得还是学门技艺扎实，将来能够安稳过日子。莲露考大学报志愿时，心下知道上海是再不能提的，就报了一串广州的院校。母亲死活不允，老师来做工作也没用。莲露跟母亲争执起来，母亲夺了她的笔，说，她不能让她再独自离家，弄不好不知再弄出点什么事来，还是在身边看着放心。莲露听母亲说到这里，不敢再吱声，顺了母亲的意思，轻松地考进桂电无线电技术专业。

莲露在大二第二学期修《概率论及数理统计》课时，成了朱老师的学生。朱老师黑瘦，个子不高，戴副厚厚的眼镜，当时已年近三十还是未婚。他平时话很少，也不怎么笑，但一上讲台就像换了个人，能将枯燥的内容讲得生动有趣。他的课堂上常爆出活跃的笑语声。朱老师比莲露整整大十岁，曾下乡插队十年。作为老插，他不修边幅的经典故事是，他上讲台时总会换上很新的的确良衬衣，可一转身写黑板时，大型阶梯教室里近百名学生，常能清楚地看到他里面穿的背心后面一个个洞，有些竟有碗口那么大，引得女生们一阵骚动，不停窃笑。

莲露在校园里很安静，很少跟同宿舍女生一起行动。她早已说一口地道的桂林话，就是跟母亲在一起，她也不说上海话了。她随着桂林城里女孩的时尚和打扮，再也不觉得自己是这个小城的外人。偶有同学穿来家里人出差上海买回来的时装，莲露总会多看几眼。那些来自上海的花尼龙面料衣裙、中长纤维的春秋格子面料，上海传过来的燕子领、A 字裙、蝙蝠袖、直筒裤、坡跟皮鞋，对她来说都是时髦玩意儿，她兴致勃勃地看着，才想起自己早已不再是同龄人中引领潮流的人了。她喜欢自己成了一粒融入她们池塘里的盐，而不是浮生在水面的莲花。

那时校园里正时兴跳交际舞，学生食堂一到周末就彩灯闪闪，开着一场接一场的舞会，却从来不会有莲露的身影。她在学生食堂碗架上的碗里，常会出现男生约会她的字条。她总是悄悄地将它们取出塞进衣袋，到没人处撕碎扔掉。他们写来的信，她也总是没拆就处理了。不是因为学校规定在校学生不可谈恋爱，她就老实听了，只是她看着那些一头墨黑头发，满脸青春痘的同龄男生，心里会不耐烦。她试过跟他们去打球、爬山和郊游，却没法集中精力听他们说话，她想自己其实比他们老了一辈，她的知音是比她更老的人。后来，晚自习出来，在楼梯口再遇到等她、堵她的男生，莲露连客气也不讲了，拉了脸甩开他们就走。

莲露第一次去上朱老师的辅导课时，已近结束。见莲露进来，两个原已背好书包站着跟正在收拾东西的朱老师说话的外系女生便停下来了。朱老师顺着她们的目光望过来，看到莲露，表情有些意外。莲露轻声叫了声“朱老师”，心跳竟加快了。朱老师看看表，微低下头，从眼镜上方看出来，说，你是莲露？没等她回答，正要离去的两个女生“扑哧”笑出声，说，她是我们的校花。莲露第一次听到别人说自己是校花，而且是在这么严肃的朱老师面前。她斜着眼轻声嗔道：说我是个笑话吧？那两个女生一听，吐吐舌头，赶忙离开。

莲露尴尬地站在那里。朱老师摆摆手，说，嗯，你有什么问题？莲露告诉他，自己对一些概念不是很理解，有几道作业题解得没把握。朱老师让她坐下来，自己却站着，让她将不会做的作业题用自己的语言讲述出来，在她讲述的过程中，不时点拨几句。莲露发现自己磕磕巴巴地讲着，在朱老师的提示下，很多概念变得清晰起来了。朱老师微笑着点头，说，就是这样的。当你能将习题用自己的语言说明白的时候，你就真懂了，解题的办法也就顺理成章地出来了。你就这么练。拿到题目不要急着去解，先吃透题目要你做的是什么，里面牵涉的概念不清楚的话，再回去看书，就这么简单。莲露仰头听着，觉到一种久违的安心。她和朱老师一起从教学楼的台阶上走下来时，校园里已到处是晚饭前锻炼的人们闹腾的欢声。

莲露开始经常出现在朱老师的辅导课时段。她通常在课时将要结束时出现。这时大多数学生已离去。她跟朱老师聊着，作业基本就当场做完了，教室里没人时，两人也聊些闲话。朱老师很少说笑，却很耐心，不管她说什么，他总是一副全神贯注的样子在听。朱老师给她讲些他十年的插队生活。从他们翻山越岭串访知青点寻读禁书、养鸡放牛、耙田种菜、偷鸡摸狗，到如何爬上牛车赶往公社所在地参加“文革”后的第一届高考，莲露都听得津津有味。那是她的同龄人，甚至家里的辉哥他们都不曾有过的经历。莲露的戒备慢慢松懈下来。听朱老师讲他福建家乡生活习俗的不同，她也会谈起自己童年时代在上海的生活。两人再对比桂林市井生活跟各自背景的不同时，竟有了知音的感觉。

朱老师的课程结束后，已是大三学生的莲露，在专业基础课里遇到与数理统计相关的难题时，还会想到去找朱老师请教。一来二去的，他们就有了些课外的交往。到了暑假，朱老师因为要备考研究生，没回老家三明。他们有时就约了一起去市里逛逛书店，到学校后门外小街上的大排档吃饭，还一起看过几场电影。若是约在朱老师住的单身宿舍楼下碰头，朱老师总是按时出来，从未邀她到楼上他的房间里去看看。这让莲露放松下来，发现自己已很久没能这样轻松地跟男性独处了，心下对朱老师更亲近起来，再遇到什么烦心事，第一时间想到的总是要找朱老师去说，虽然她并没有那样做。

朱老师告诉莲露，他生活的短期目标是争取继续深造。不是报考中科院的研究生，就是争取去美国留学。莲露听了有些吃惊，想朱老师都三十岁的人了，应该考虑成家的，又没好意思问。待莲露进入毕业实习和毕业设计阶段，朱老师也已报考教育部的公派留学生，业余时间都花在英语强化训练上，他们的联系就少了。

莲露毕业后，分到市郊三里店的无线电元件厂，开始了早出晚归的上班生活。夏天快要结束的时候，她突然收到一封本市来信。莲露一眼认出朱老师的字，赶忙将信拆开。朱老师在信里说，好久没见面了，挺挂念她的，希望她喜欢她的工作。他刚从南宁考试回来，可以松口气了，想请她周六晚上出来，一起去中山路上的“漓江人家”吃个晚饭。朱老师最后强调，请她务必要来，他有些重要的事想跟她谈。直觉告诉莲露，朱老师肯定考取公派留学了，隐隐地，又感到那“重要的事情”跟两人的关系有关，这让她心里有些不安。

请你具体一点。我在莲露转开话头之前，截住了她。

她看着我，苦笑着说，还不够具体吗？我真的很感激你在整个过程中对我的耐心。我笑了笑，说，关键处要不厌其烦。比如，在你预感到朱老师要跟你提及两人关系的时候，你为什么感到不安，而不是兴奋，或者盼望，哪怕是紧张？是你不喜欢他，想拒绝他吗？还是其他的原因？

当然是因为上海的往事。她轻声说。舅舅性侵那件事，这时让你感觉不安——我说。她的眼睛快速地聚焦，盯着我。我说得对吧？我问。她有些不情愿地点点头，想了想，又说，应该比这更复杂些。我说：好，你请接下去。

莲露到了高中，成了重点中学尖子班的学生，课业繁重，自己又特别好强，满门心思都在准备高考上，舅舅已经很久不曾在她的脑子里出现过了。上了大学，外国电影《苔丝》来了；男女青年分分合合的故事成了报上的热门话题；青年杂志热烈讨论起非处女问题，从这个话题，又争论到贞操，保持纯洁或被玷污，连篇累牍，令人心惊。莲露觉得自己明白了为什么当年母亲会警告她说，如果她将自己在上海舅舅那里经历过的事情说出去，迎接她的会是千刀万剐的命。

有天夜里，熄灯铃响过后，莲露同寝室的女生又为刚从报上读来的曾遭强暴的女青年的来信争论起来。那女青年在信里说，当年她遇到了现在的爱人，便向他坦白了自己的过去。他对她说，你只不过是被疯狗咬了一口，我怎么会因此而离开你？女孩子们为那个女青年感到庆幸，又说，所以一个女人的纯洁是很珍贵的，因为它一旦失去，就再也无法找回。莲露躺在黑暗的蚊帐里竖着耳朵听到这里，忽然苦笑了。无法找回的东西太多了，外婆那个有外公的家；外公一生经营的公司和工厂；母亲迷恋过的越剧舞台，上海……都是说没就没了。青春，生命，哪样不是一去不复返？反而是那个所谓的纯洁，却未必。好比外婆，她就遇到了生命中的贵人——外公将她从欢场赎回，给了她一生最美好的时光。莲露在那个夜里，明白了她要等的，就是自己生命中的贵人。

莲露再看到年轻男生们争论“苔丝”时的激动，心理上对他们就更疏远了。看这些连女生的手都没有拉过的大男孩，在那儿为爱情的“纯洁”争得青筋暴跳，她就想，“疯狗”那样的词，倒真是他们能想出来的。她很清楚他们不是她在等的人。跟朱老师走近后，莲露一路是欢喜的。但直到收到朱老师的信时，莲露还不能肯定，朱老师会不会是她在等的那个人。

莲露来到“漓江人家”时，朱老师已经等在二楼靠窗的卡座上了。远远看到她进来，他站起来向她招手，表情有些紧张。朱老师那天穿一件崭新的蓝底红细格的的确良短袖衬衣，转过身时，莲露发现那里面的背心没有一点破绽。她微微笑了。莲露那天穿了一条粉红色镶白色荷叶边的尼龙连衣裙，白色高跟皮凉鞋，剪着那时流行的山口百惠式短发，看上去还带着十足的学生气。欢迎欢迎，我们年轻有为的女工程师！朱老师将她往卡座里引，笑着说。还差得远呢，一年试用期满后，才能转助工呢。莲露笑着答，落下座。

卡座紧靠的大窗几乎落地，窗外有圈小小的矮栏杆，摆着红白色的海棠。背景里邓丽君的低吟浅唱，听得人心发软。窗外中山路上涌动不息的车流人流，看上去如快进着的无声电影画面。莲露转过脸来，和对面朱老师的目光相遇。她甩甩脑袋，看清了朱老师显然是新剪的短发，腮帮上是新剃净的一片淡青，眼角的皱纹好像更深了。天暗下来，她低下头去喝茶，眼角晃着街市中返照上来的灯光，忽然想到了在上海的时光。这是很多年来，她第一次想到上海却没引发不快的情绪，再望向朱老师，心下生出暖意。

朱老师点了好些桂林家常菜，将香槟倒好递给莲露，笑着说，让我们为两个好消息干杯。一是祝贺莲露大学毕业，长大成人自食其力；二是要跟莲露分享好消息，他已经考取教育部公派留学资格，马上就要到广西大学外培中心去脱产培训英语，然后考托福和 GRE，联系美国学校去攻读学位。两人干了杯。莲露放下酒杯，高兴地说，这真是大喜的事啊！朱老师点头，笑着将杯里剩下的香槟一口喝下，脸就有些红了。他放下酒杯，问莲露：你想不想去美国呢？莲露一愣，说，唉呀，没敢想过。朱老师弹了弹杯子，说，那你就去吧！莲露“扑哧”笑了，说，你以为是去南宁啊，说去拔腿就去了？朱老师正色道，你不要笑，我可以带一个人去的。莲露笑得更响了，说，朱老师你真是喝高了，美国还给你配额呢，来一带一——朱老师的手伸过来，朝她的额头点一下，说，真是个傻妞，我当然是可以带家属的。莲露的脸“腾”地就红了。朱老师伸手过来，掌心朝上搁到莲露面前，说，答应我，跟我去吧。莲露从来没有听到朱老师这样轻柔的话声。她将自己的手搭到朱老师手上，朱老师将手往后一抽，反过掌来，一把将她的手指扣紧，摇了摇。谢谢你！莲露鼻子一酸，有些犹豫地点点头。

莲露牵着朱老师的手走出“漓江人家”时，天才黑透。他们一路出来，拐上滨江大道，到一个露天茶座的长竹椅上坐下。那时漓江两岸夜里还没有太多灯火，清澈的漓江水漫到眼前，在茶座暗暗的灯影下，甚至能看到河床里的鹅卵石。远远地，还能看到黑色山影上的满天繁星。她的手一直在朱老师的手里，感觉心跳都慢了下来。江水也似乎流得特别安宁缓慢。他们喝着茶，聊起分别后的各种趣事。朱老师很轻地摩挲着她的背说，现在我们的关系不一样了，可以跟你讲贴心话了。你真的是很漂亮的女孩，穿身旗袍走出去，肯定很像上海滩上的大小姐。唉，要不是时代的原因，你就是上海大小姐啊。见莲露不响，朱老师又说，公费留学的人都有八百块的置装费，等我领了来，你拿去做两套漂亮的旗袍，到了美国，你穿上它，我们到街上一走，让美国人也看看我们中国美女。莲露笑笑，想起照片里看过的外婆穿着旗袍小鸟依人般和外公在一起，心里一热，将头靠到朱老师肩上，紧紧抓着朱老师手臂。朱老师环住她，在她脸上亲了一下。她侧身抱住朱老师，一眨眼，眼前就出现了十四岁那年在普陀工房里的情景，非常地冷，舅舅抱住了她，她看到自己在回应舅舅的亲吻。莲露后来想，如果她那天夜里没被心里涌出的那股深深内疚击中，或者能忍住被击中的疼痛，今天的生活就不会如此狼狈了。

莲露再次回避了我让她对“内疚”情绪细解的要求。她只接着说，她在朱老师的怀抱里说出了那件上海往事。细节都被埋葬了，她蒙着脸，轻声说出了自己在少女时代就被夺去了纯洁——她自己也没想到，她竟用了“纯洁”两字。朱老师原来在她背上摩挲的手停了下来。她感到背上有股强力，压得她背痛。是谁？那家伙是谁？朱老师的声音出人意料地沉着。莲露缩紧双肩，偏开了身子，看到朱老师被远处微光裁出的剪影，带着难以形容的冷峻。朱老师侧过身来，捧起她的脸。莲露从来没见过朱老师那么严肃的表情。莲露说出了舅舅，身子有些哆嗦。朱老师松开了手，很轻地拍拍她的脸，取下自己的眼镜，用衣角擦着，轻声问，就是那个在上海带你长大的人？莲露在暗里用力捏了一下朱老师的手，没答他的话。那个夜里，朱老师直到将莲露送回市委大院门口，再没怎么说话。莲露第二天早晨醒来，恍惚间想起前一夜的事情，意识到自己竟已当着朱老师的面，将一块压在心头多年的大石头掀开了，感觉不可思议。

朱老师在周一的中午出现在无线电元件厂时，他们看到了彼此眼里的红丝。朱老师朝她淡淡一笑，点点头。莲露随他一路沿着厂生活区的小路出来，走进午间空旷的灯光篮球场，坐到树阴下高高的位子上。朱老师握起她的手，轻轻地揉着，表情带着庄重，说，我回想了我们交往的全过程，整个过程里，我一直觉得你是个很纯洁的姑娘。你就是个纯洁的姑娘，他又重复一句。莲露咬着嘴唇，感到了手心的汗。朱老师轻轻地拥抱了她一下，轻声说，我们就要到新大陆去开始全新的生活了，那里的晨昏跟这里是倒转的，全新的初始条件，全新的边界条件，以前那些旧的方程解，全部废弃了。

莲露送走朱老师，回到车间里一头躲进更衣室，眼泪就出来了。她坐在条凳上，轻轻地拭着泪，心境却是明亮的。那泪水是为自己终于找到了生命中的贵人而流出的欢喜。她相信自己会比外婆幸运。

莲露第一次带朱老师回家跟母亲和继父见面时，朱老师就跟他们说了准备迎娶莲露，并要带她去美国。继父那时已退居二线，又刚因早期肺癌做了手术，正在康复中，话更少了，看上去真是个老人了。他听了朱老师的话，努力地笑着点点头，用沙哑的声音说：莲露就交给你了，请好好照顾她。母亲白皙的皮肤上有了些皱纹，看上去越来越像外婆，不同的是，母亲的眼睛带着她这个年纪的女人罕见的灵活，说起话来仍是眼风一飘一飘的，让人很容易忘了她的年纪。辉哥兄弟那时都已离职下海，办了贸易公司，做着往外省倒白糖的生意，母亲就提前从文化馆办了退休，到辉哥的公司里帮忙去了，日忙夜忙，精力过人。朱老师的到来，让母亲兴奋得楼上楼下地穿行，不停安排家里的小阿姨去买这买那，要自己亲自下厨做大菜。

朱老师走后的夜里，母亲来到莲露房间，在床边坐下，轻叹一口长气，表情轻松地说，这日子过得多快啊，你都要嫁人了。能找到朱老师这么稳重可靠的男人，唉，如果你外婆活到今天，不知会有多高兴呢。莲露已经很多年没有听到母亲提到外婆了，张了张嘴，刚想问话，母亲又说，外婆去世之前还念叨着你呢，最不放心的就是你了。唉，我们家三代女人，终于熬到你这代能过上好日子了。莲露看到母亲眼圈红了，赶忙拉起母亲的手，轻声说，姆妈，你也过得挺好的呀，不要太难过了。母亲叹口气，很深地看她一眼，想了想，轻声说，你如今也大了，有些话可以跟你讲讲了。我当年跟你生父来到桂林，连话都不会讲，样样都很不习惯，再不能上台唱越剧，就算你能唱也没人要听，就在电影院卖票。跟你生父在生活里有很多问题，上海却回不去了，在当年的时势下，就是能回去，我怕也是没勇气回去的。而且在那年头，没完没了的政治运动，动不动就要“清理阶级队伍”，我们这些外地人是首要目标，要被调查，上海家里的情况就是个定时炸弹，随时会把人炸个半死。我就在那样的情况下碰到了你继父，他对我很关心，帮我调到文化馆，那时他爱人已经去世好几年了，我就和你生父离婚，嫁给了他。这辈子这么过下来，你也都看到的。我没有什么可抱怨的，特别是你能在这样安全的环境里长大，要不然，就不敢想象了。母亲说到这里，拿起莲露的手，轻轻拍了拍，说，把你交给朱老师，我就再没有什么不放心的了，过去姆妈有什么对不住你的地方，你也就都原谅了吧。莲露倾向前去，轻拥住母亲，松开手臂的时候，听到母亲又说，你记得我告诉过你的吗？你出生的前夜，我梦到过一朵洁白的莲花，上面滚动着很多闪亮的露珠，真像钻石那样漂亮。你看，那吉兆真的应验了啊，你肯定会有很美好的前程，真是让人太欢喜了。莲露和母亲在灯下开心地笑起来。

5

朱老师在莲露大学毕业那年的冬天，办妥了申请美国留学的各种手续。他们在桂林登记结婚。

去登记之前的一个轮休日，莲露将屋里柜顶那只老旧的皮箱拿下来。多年不曾打理，皮子已经发脆开裂。莲露将存放在皮箱里的舅舅来信、当年收集下来的各色糖纸，连同舅舅当年为她系在行李袋上的那条粉红格子手绢一起，捧到院子点火烧了。那粉红间白的手绢被高高的火苗吞噬，缩成一团，再一展开，变成了一堆小小的灰白。舅舅当年将那手绢系到箱子上时，反复交代她凭这个记号看好箱子。在这个时刻，彻底烧毁它，莲露心里有特别的仪式感。所有的火苗都消停后，她蹲下来，用树枝将那手绢的灰烬一扒，它就散成了碎片，微风一过，四散而去。莲露吐口长气，起身拎上那只开裂的旧皮箱，在阴湿的小路上走了一阵，扔到大院里的垃圾箱。第二天上班路上，莲露还专门拐了点路，经过那只墨绿的大垃圾箱时，她跳下自行车，亲眼确认它已被清空。再转出去，她觉得车轮子似乎都长了翅膀，心里有说不出的轻松。

莲露和朱老师在桂林登记结婚后，回朱老师老家福建三明举行婚礼。准备婚礼时，朱老师陪着莲露，找到桂林衬衣厂的上海老师傅，量身定做了一袭深红、一袭宝蓝花色的缎子旗袍。到衬衣厂门市部试衣时，莲露一掀开试衣室的帘子走出来，门市部里的客人都围了过来，七嘴八舌地赞叹。不仅因那时旗袍罕见，更因为莲露的相貌和身材，让旗袍衬托得特别出众。大白天也开着灰蓝日光灯的门市部一下染出了明艳的色彩。为莲露做旗袍的老师傅是当年随工厂支边迁来广西的，胖乎乎的他一脸福态，笑眯眯地看着莲露，叹说“文革”多年没做旗袍，手都生了，没想到做出来效果还真不错，到底还是姑娘的架子好啊，像足了上海小姐的样子呢。莲露听了，喜滋滋地去看朱老师，两人目光交汇时，会心地笑了。朱老师微笑着告诉大家，这是为婚礼准备的，人们又咂咂恭喜他们。莲露带着这两套旗袍随朱老师回了家乡。朱老师的父母亲友看到莲露都非常高兴。说到这里时，莲露专门提到，她特别感激朱老师的一点，是朱老师说到做到，他们是在三明完成了婚礼的仪式，喝完喜酒之后才住到了一起。莲露说，朱老师这种特别形式主义的做法，对她自尊心的重建非常重要。他们相拥着倒在洁净的大红花色床单上，曾经的阴影被红火喜气的亮色冲得一干二净。她才知道，相爱的两个人彼此的拥有是那么美好。

婚后不久，新年一过，朱老师启程去波士顿大学留学。一个学期过去，莲露后脚就到了。她一边补习英文，一边接连生下两个孩子，洗买烧汰带孩子，收拾家居，每天总有做不完的事，完全陷在家庭里，成了真正的陪读太太。朱老师家里没有后顾之忧，又非常用功，在学科领域的顶尖学术刊物上发表了几篇很有价值的论文，攻下博士学位后，顺利拿到伯克利加大的教职，一家人的生活才安定下来。等孩子们也上学了，莲露开始到旧金山州立大学修读软件工程，毕业后到伯克利找到现在的工作，一直很稳定。前两年孩子们都离家了，人到中年的莲露才觉得松了一口气。到了这时，朱老师已成为世界一流名校伯克利加大的终身教授多年。随着中国经济起飞，朱老师跟国内学术界的交流频繁起来，成为最早入选中国引进海外高层人才“千人计划”的学者之一，同时兼任国内多所大学的客座教授，在太平洋上空频繁穿梭，寒暑假期间都长时间在国内工作。

日子过到这个光景，莲露觉得她的生活，美国人有个说法特别准确——她满足，但没有深度的幸福感。朱老师来美国后一路小跑，夫妻俩坐下来好好聊聊天的时间越来越少。两个孩子生下来后，她有好多年都没再和朱老师单独出去吃过饭、看场电影了。可看看周围同样背景的中国同事，大家在新大陆成家立业道路上的足迹都差不多，莲露也不觉得有什么缺憾。只是有时去参加美国朋友的聚会，看到人家中年夫妻也左一个“蜜糖”，右一个“甜心”，搂搂抱抱的热乎劲儿，才会有些浅淡的惆怅。偶尔清理衣橱，看到挂在衣橱深处那两件寂寞的艳丽旗袍，莲露总会将它们取出来比划一下，想到朱老师当年说，到美国后穿上它们到街上走走，让美国人看看中国美女的那些话，不禁苦笑。她倒是清楚地记得，暴风雪初停的波士顿郊外，周末里总是她陪着幼小的儿子在堆雪人；夏天的周末，也是自己和年幼的女儿穿上母女装，沿着伯克利长长的林阴道漫无目标地骑着车。她成为两个孩子的母亲后，尽管身材保持得很好，可那旗袍还是穿不进了。她的手在水一般的缎面上滑过，会忍不住想，这触到的是自己的青春。旗袍的色泽并没有减褪，可镜中的自己却像一件用旧了的漆器。莲露并没有抱怨。在加州明艳的阳光下，她不再被阴影堵截。她愿意就这样跟朱老师在固定的轨道一路滑行下去，互为老伴，修成正果。

2010年底，朱老师从广州回来后，莲露开始频发尿道感染。她在刚生过老大之后，有段时间也不时会有这毛病，基本不用求医，多喝些山楂汁之类，就可以度过。这次是多年来第一次重发。她按过去的老方法处理，灼烧和疼痛的感觉却越来越强烈。她开始尿血，身上一阵冷一阵寒，令她惊恐地想起十四岁的那个早春，心下生出不祥的预感。医检的结果，是染上衣原体病菌。家庭医生将结果告诉她时，看着她的眼睛说，这是一种性病，会通过性生活传播。幸运的是，这是性病中比较容易治疗的一种，只要服用对症的抗生素，效果很不错的，你不用太担心，但你要了解它的传染渠道，需要特别注意性生活安全。莲露愣在小诊室里，只看到家庭医生的嘴在动着，耳里是嗡嗡的响声。近年来，她对入眠环境越来越敏感，朱老师却工作得越来越晚，有时就算躺下了，忽然想到一个什么问题，他又会爬起来，轻手轻脚地拿上手提电脑，进到卫生间掩上门工作很久，互相都觉得很不方便。到女儿离家后，他们已常分房而睡。朱老师这次从国内回来后，他们有过肌肤之亲的夜晚不出一二。她一下就寻到了自己的病因。

莲露在晚餐桌上告诉了朱老师自己看诊的结果。在这之前，莲露没有告诉朱老师自己身体有不适。朱老师听后一脸震惊。他微张开嘴，瞪着眼睛，直直地盯着莲露，稍顷，抓来一张纸巾，低头擦鼻子。莲露看到他头顶已经花白的头发，开始松弛的皮肤上的一道道深纹，心下一酸。她正想开口告诉他，据她从网上查询的信息，男性若染上此病，症状可能是隐性的，就听到朱老师带着鼻音的话：我明天就去联系医生作检查。莲露点头，没有说话。当天夜里，莲露刚熄灯躺下，就听到门响了一下。她听到朱老师的脚步在床前停住，似乎是犹豫了一下才坐到床头，没有拧灯。他显然知道莲露还没有睡着，低声说：我很对不起你，那个病是我传给你的。我真的非常非常抱歉，非常非常后悔。莲露没有响。朱老师的手搭到她的肩膀上，轻轻捏了一下。她躺在床上，看着暗光中的天花板，好一会儿才说，你竟然也做那种事。

朱老师低声说，我自己也是万万没想到。这些年来来去去，我从来不曾动那类念头。这你得相信我。不是说我人品多好，确实是没兴趣，何况如今年纪也大了。莲露一下翻过身来，拧亮了床头的灯，等他的话。朱老师接着告诉她，这次回来前，最后一站是北师大珠海分校。夜里在酒店的咖啡厅里跟人谈完事，一个女孩子走过来搭讪。朱老师不耐烦地摆摆手，示意她别打扰，一边收拾摊在台上的东西。老师——那个女孩子叫了一声，朱老师抬起头来，想要赶她走，一看，她长得特别像大学时代的——朱老师说到这里，停住了。莲露听到了自己急速的心跳声，她闭了一下眼睛，希望他不要说出来。朱老师转开话头，说，那姑娘看上去真是清纯，打扮得也很朴素，确实像个在校的女大学生。她说自己是四川乡下出来的，来珠海找工。可到了珠海，本来说能接应的老乡却下落不明。她父亲早年就病故了，母亲丢下她和两个弟妹改嫁他乡，如今年幼的弟妹和老奶奶都在乡下等她寄钱回去接济。朱老师打断她，让她好好找个地方学点手艺，如今有点专长的技工很抢手，收入很不错，那才是长远之计。那女孩低眉顺眼地谢着朱老师，说自己还是个处女，真是因为困难了才出来这样做，很幸运碰到朱老师这么好的人，真心愿意将自己的第一次给他。

因为她说自己是处女，你就做了？莲露一下坐起来，叫着。朱老师一把取下眼镜，捂住脸，用力地摁住双眼，不响。莲露又叫了一声：就因为她说她是处女？朱老师停了很久，轻轻点头，轻声说，就是一念之差。莲露看到泪水从朱老师已经长了稀疏老人斑的手指间流出。可哪是什么处女！这个世界哪里还有什么处女！朱老师压抑地哭叹。莲露的心软下来，倾向前去抱住他。朱老师的情绪安定下来，说，请你原谅我。莲露拍着他说，你明天马上去看医生吧。

朱老师果然也给查出衣原体病菌。夫妻俩遵医嘱服用相应抗生素后，身体很快恢复了正常。莲露没有想到的是，朱老师的这个意外并没有像她以为的那样很快过去。到莲露到我诊所时，她已跟朱老师正式分居，正在进行婚姻关系的调解。

这个过程比我想象的艰难多了。莲露说。她没有想到，朱老师从珠海带回来的冲击波有个滞后时段。当它最终席卷而来时，带着超出她想象的杀伤力，比当年舅舅带给她的痛苦更甚。这是莲露在谈到舅舅当年对她造成的伤害时，第一次使用了“痛苦”这个词。她其实很快就原谅了朱老师因“一念之差”而将风尘女子带到酒店床上。她没想到的却是，朱老师道出的那“一念”，像一个魔咒缠上了她。一个当年给你解开那个结的人，隔了二十年后，又亲自给你严实地系上。莲露强调说，表情里有藏不住的凄凉。她不时想起母亲当年的话——你若说出去，你就是千刀万剐的命了。即使到了新大陆——换了全新的初始条件和边界条件，最后还是旧的方程解。

莲露开始整夜失眠，就是入睡了，也全是梦。你能不能描述你的梦？我问。都很模糊，很多的人声，非常杂乱，基本都是黑白的。你知道是在哪里吗？我提醒她。莲露轻轻一笑，说，我知道你的意思，但我确实不知道在哪里。蛮像美国中西部那些老镇。太杂乱，大部分并不惊悚，也没有清晰内容，就是很多，过电影一样，让人无法进入深度睡眠。我的转椅一动，忍不住看了一眼墙面上的那幅海浪。莲露马上说，老人与海，是最清晰的一幅，彩色的。我老在那个梦境里惊醒。画面非常美，可醒来常会出虚汗，心跳非常快。

所以你要认真完成那些问卷。我说。莲露摇摇头，说，将我送到今天，送到你这张椅子上来的，不是你想象的他们——舅舅，或者朱老师。都不是，是我的孩子。大概看出我有些意外，莲露点点头，表情有些凄凉地苦笑。

莲露病愈后，在治疗过程中从主卧室里搬出去的朱老师看上去并没有再搬回来的打算。他总是趁莲露出门上班后，将自己的书籍、电脑之类的杂物一件件挪出去，卧室显得空阔起来。莲露也没问朱老师的打算，夫妻间就这样达成了默契。他们还在一起吃晚饭。还是莲露主厨。跟过去不同的是，他们如果不谈家里必须处理的琐事、关于孩子的事情，饭厅里就只剩下电视的声音。等饭吃完了，又各自回到自己的屋里，像是一对搭伙过日子的房客，彼此也不再能同步跟上对方的日程和计划。莲露发现，她其实挺适应这样的生活方式。夜里醒来，看到卫生间的门开着，屋里一片沉寂的深黑，让她想起儿时在桂林的生活，竟有些高兴自己如今已能享受这样的孤独。

朱老师在接下来的那个学期，利用学术年假，回北师大着手建立学科博士点。离开前一夜，朱老师在晚餐桌上交代完莲露需要关照的家庭杂务，犹豫了一下，说，我这次去的时间会比较长，家里的事你就多费心了。莲露答说，你自己当心点就是了。朱老师盯了她一眼，起身安静地将水池里的碗洗了，转身离去。

朱老师一走，莲露一改过去下了班就回家，独自散步，上网，养花种草看电视的生活程式，到社区活动中心报名参加了跳舞班。她一脚踏进舞场，发现那里几乎都是她这样的中年人。双双出入的基本上是空巢的夫妻或恋爱中的情侣，其他大部分则是形只影单的独身人士，外加身份暧昧的零星男女。莲露出门跳舞的时候，总是将无名指上的婚戒取下来，让自己的身份也暧昧起来。不曾学过跳舞的莲露，或许真是因了曾是越剧花旦的母亲的基因，跟在老师身后两三个星期转下来，已能满场翩飞。莎莎，桑巴，芭恰塔，样样都跳得有模有样，不时被老师选出来给同学们作示范。舞蹈班上的东方女子本来就不多，莲露那样的身材相貌，又显年轻，穿上紧身衣裤，柔美的腰肢上套条镶着零星金属小挂片的装饰小围裙，轻快舒展地飞转在忽明忽暗的硬木地板上，成了舞场里最显眼的女士，前来邀她跳舞的男士没有停过。莲露忽然意识到，原来自己在年轻时代错过了那么多。

有个周末深夜，她跳完舞回到伯克利山间的家，推开大门的瞬间，看到客厅里一地的月光，竟轻快地哼起了舞曲。她摸黑走到厨房，倒了满满一杯红酒，边走边喝，走到后院的大露台上坐下。山下旧金山湾畔的灯火已稀疏下来，她在月光下独自喝着酒，忽然想，原来放纵自己是有快感的。她又好奇地想到，母亲当年每每深夜归家，走进大门的时候，是不是也是这样的心情？莲露说，后来发生的事情，让她意识到人心其实是带有很多小屉子的盒子。大部分的人活着，后天获得的教养、道德、规范，都是用来压紧那些可能跟现世安稳相抵触的屉盖，让盒子能够平稳地搁置在人世间的大柜子里。其实那些屉里的东西是人类基因的各种搭配，无所谓对错——她说到这里，停了一下，想了想，表情有些勉强地说，朱老师那次“意外”，无意间让她揭开了自己盒子里那些令人难安的屉子。

以暧昧身份出现在社区舞蹈班里的莲露，不久就开始频繁接受单身白人男士的约会邀请。她除了跳舞外，跟他们吃饭，打球，看电影。她发现跟这些白人男性在一起有一种她不曾享受过的松弛感。完全不同的成长背景，让他们对她的历史有很深的隔离。她个人历史的多米诺骨牌在他们那里一下就躺平了——从中国南方来，母亲，生父，继父，本科，移民，数据系统管理软件师。他们不需要知道更多，不是不想，而是听了也跟不上。她意外地获得了全盘洗白的欣喜。这样的交往，开始只是停留在美国人的“盲约”上，一旦发现他们有确定实质关系的心愿，她就退缩回到原点。直到她遇到了老麦——那是她对前美国联合航空公司机长麦克的称呼，像她叫“朱老师”那样自然。

莲露说到老麦时，特别强调他比她大二十岁。老麦身材硬朗魁梧，经济条件优渥，太太前些年去世了，孩子们都已离家，一人独居。老麦一开始就非常投入，事事都以她的兴趣和选择为最优先考量。那种她成了他生活的中心、他的女王的感觉，给莲露带来久违的贴心和温暖，甚至还带来美好而浪漫的性情，有时让人有回到新婚时期的感觉——说到这里，莲露停了一下，看看我。我说，明白了，你是说刚结婚，而不是刚恋爱时的感觉。她点点头，又继续下去。莲露开始想到跟朱老师分开的可能性。她向老麦坦白了自己真实的婚姻状况——当然，她没有告诉老麦她婚姻出问题的真正原因，倒不是想隐瞒，而是知道这种问题很难向一个普通美国人解释清楚。她只是告诉老麦，她的婚姻有麻烦，目前跟先生处于分居状态。老麦有些意外。他说他真是爱她的，希望能跟她共度余生；如果不能，他也理解，真正的爱，要以她的好为终极目标。莲露为老麦的这些话流下了眼泪，她说请他给自己一些时间。他们从此不再讨论未来，却往来更密切了。

到了那年早春，莲露在美东罗德岛上学的女儿嘉嘉回来度春假。莲露特地休假陪嘉嘉去西雅图游玩，看望了在亚马逊工作的儿子，又顺便到女儿联系暑期实习的当地公司看了看，一路非常开心。嘉嘉已长得比莲露高出小半个头，有时一个恍惚，莲露会以为是撞到了大学时代的自己。只是嘉嘉和她哥哥一样，真不愧是在加州长大的孩子，身上都是阳光晒透的清爽气息。莲露看着他们，经常会对自己肯定，她这一生最大的成就，就是养育了这两个连笑容都是透明的健康孩子。

从西雅图回到湾区的当晚，嘉嘉便约了她那些也是回湾区度春假的高中同学，晚饭后到伯克利水边的酒吧聚会。担心嘉嘉有可能喝酒过量，莲露将她送去，又约好十点半过来接她。莲露从酒吧出来，就坐进了如约等在停车场里的老麦的车子，去往海湾边的万豪酒店咖啡厅。一周未见，两人竟有很多新鲜话题，一直说到近十点才离开。老麦将莲露送回酒吧停车场里，在莲露的车边停下。看到时间还早，老麦摇下车窗，两人坐在车里又聊起来。那是个满月的春夜，空气里有浓郁的花香，远远能望到海湾大桥上的灯火。他们在车里轻拥了一下，刚松开，两人又同时伸出手臂，紧紧拥住对方，接着是一个长吻。待莲露张开眼时，看到一张年轻女子的脸从车窗前快速闪开。莲露一惊，定睛一看，见嘉嘉闪进了边上她的车里，随即是“砰”的一记很重的关门声。

后来嘉嘉告诉莲露，那天夜里，她在酒吧里喝多了，感到有些头晕，出来吹风。正想给莲露打电话让早点过来接她，一眼看到莲露的车子已在停车场，便走过来。不想竟撞到那样的情景。

那天晚上，莲露一坐进车里，就试图给嘉嘉解释，嘉嘉蒙上了耳朵，她只得住口。母女一路安静地回到家里，道过晚安，莲露回到自己屋里，一直无法入睡。她半夜里起身下楼，想去厨房里找杯红酒。出到黑暗的走廊上，她看走廊那头嘉嘉门下一线昏暗的灯光。她站下来，想起很多很多年前在那遥远的桂林，自己在深夜的走廊上看到母亲跟辉哥分开的那个瞬间。这个联想是致命的一击。她转身回到屋里，倒在床上轻声哭了起来。在那之后，她很快中止了和老麦的交往。在我的笔记里，在莲露的这句话边上，我画下了一个星号——我对她在两性关系上可能将面临的困难，表示了担忧。

6

莲露的心理历程上的各路经纬，到此时变得清晰。

它们听起来似乎是一团乱麻，实质却是像一只八爪鱼，所有的虚张声势的腿爪，都汇聚在它结实的身体上。在莲露的个案中，那个实体症结就是舅舅在她少年时期对她进行的性侵犯。在美国当下临床心理学实践中，对未成年性侵受害者的心理治疗已有成熟的治疗方法。棘手的是，莲露的经历却是非典型个案。她在少年时代遭受创痛之后，又在成长过程中遭遇东方文化里“处女情结”施予的重负。作为她生活中最重要的男性，朱老师在帮助她走出困境后，又在中年将她推回原点。加上莲露一直回避切开问题的实体症结，不愿对舅舅性侵事件的整个过程进行认知治疗，使得康复进程十分缓慢。

相当意外的是，我意识到自己在前后三个月的治疗过程中，对作为患者的莲露逐渐产生了一种非常个人化的情感联系。

莲露在深秋的一次会谈结束后，起身离开。走到门口时，她已经在拉门把，忽然侧过身来，向着我说，你太太很漂亮。见我一愣，她马上笑了说，不要问我在哪儿碰到你们的。但我很肯定那是你太太，说着歪了歪脑袋，笑着说，以后和太太去吃饭，最好不要自顾着看手机哦——她的表情带着亲昵和调皮。我一愣，心里想，说实在的，燕菁没有莲露漂亮。见我不响，莲露吐了吐舌头，说，真对不起，我怎么成了心理医生了，对不起对不起。

我和燕菁自小在昆明郊外的部队大院里长大，从幼儿园起就是同学。文静温婉的燕菁从小画得一手好画，高中毕业时顺利考到中央工艺美院学平面设计，毕业后到出版社当了多年美编。燕菁性格非常静，用她自己的话说，一旦决定了要做的事，总能做得很专心，哪怕当家庭主妇。我来美国改变专业方向修读心理学，一路非常辛苦。燕菁总是无声地陪在身边，一边带着孩子，一边还在家里开班，教小孩子们画画，贴补家用。我工作稳定后,她就将画画班停了。她告诉我,她上大学的时候,其实已经对画画失去了兴趣。来美国后，她就发觉自己最想做的，就是一个有文化的家庭妇女。带好两个儿子，管好这个家，对她来讲就够了。如今生活安定了，她觉得有条件实现自己的理想了。她相信的是，并非女人走上社会才是妇女解放，真正的解放，是女人有选择的权利和条件。我在这样的问题上，没太多可说的话。燕菁就按自己的意愿留在了家里。打理家务之余，她在社区学院里上烹饪班、园艺班，学日语、阿拉伯语，修戏剧课，念中世纪史，还参加女性读书会，做义工，养花种草练瑜伽，家里光是猫就养了三只，还带一只哈士奇大狗。车库里她过去用来画画、给孩子们上课用的台子早已蒙灰。有时我看着燕菁会想，她就是那种过了花季就停止生长的女子了。

我不由得抬起头来看了看莲露。如果能走出自己的心魔，莲露将会长成一朵艳丽绽放的花朵。而且，在新大陆的阳光里，她会比她的外婆遇到外公后、她的母亲嫁给她继父后，开放得更加娇美多姿。

我在那个下午跨出了危险的一步。我向莲露讲了自己的感情经历，虽然很简短，但在这个过程里，我清晰地感到自己对莲露生出一股带着亲密的情愫。那次之后，我再没和莲露谈过我的家庭。她也没再问。但我对她的出现，有了一种超越职业感情的盼望，这令我忧虑。我知道自己大概没有太多的选择。我的职业身份使我和她的关系就像舅舅跟她的关系一样，中间横隔着禁忌。在考验有可能到来之前，我以职业的理性为放弃她的决定，又添了一个砝码。

在接下来的诊谈时间里，我跟莲露谈了打算让她转看其他专家的意见，并介绍了我认为对她非常合适的皮特逊博士。莲露的表情非常错愕。她瞪着眼睛说，这怎么可能，不是进展得很好吗？我现在感觉好多了。我告诉她，这只是她主观感觉，可从专业的评估看来，治疗效果并不显著。根本的问题不解决，那旧伤随时可能复发。你不愿意一辈子都在旧伤随时复发的阴影下生活，对吧？我问莲露。我看到她眼中两颗梅子慢慢地变成满圆。她轻轻点头，说，如果你都没有办法，我想别的人更无能为力了。

我摇摇头，说，只要有决心就有希望的。但这需要治疗师和患者双方的共同努力。我见过不少有你相似背景的病患都走出来了。走出来是什么意思？莲露打断我，问。就是能够正常地生活下去啊，人其实是可以带着创伤过正常日子的——如果让创口结痂的话。我说。莲露轻咬着嘴唇，等我说下去。我的声音低下来：人类在漫长的进化过程中，产生了法律、道德、伦理来保证自身繁衍和生存的最优化。在这个框架里，乱伦、性侵犯给受害人带来的伤害是不能低估的。弄不好，受害者一生都难以正常生活。他们或跟人交往有障碍，对异性缺乏信任，无法享受正常的性爱关系；或者走向另一极端——性混乱。总之，难以组成稳定的家庭。

莲露摇着头，接上来：所以我非常绝望，真的，就是到了美国，也没人能救我。她的眼圈开始发红。我说，心理治疗师就像冲浪教练，他可以教理论，技巧，甚至诀窍，但最终还得靠冲浪手自己在实践中把握它们，靠自己的力量在滑板上牢牢站稳，在大浪中保持自我平衡，最终在风口浪尖自由穿行。莲露苦笑了一声：医师，我愿意借船出海，可要冲浪，怕是没这个体力。

我想了想，说，莲露，让我暂时放开美国心理治疗师的身份，说点我们中国人之间的话。你说到了美国也没人能救你，你不知道，美国的心理治疗，其实跟中医是一个道理。也是通过治本来治标，同样疗效很慢，需要很长时间。都是引导你提高和加固自身体内的元气，才能压制并抵抗外界入侵的邪气。所以关键还是要自己下功夫，要靠内功。如果你心理上足够强大，对过去的事真的放下了，舅舅就再也击不倒你；而朱老师做什么，也不会让你滑倒。你明白我的意思吗?

莲露点头，想了想，问，我们还能一起再努力吗?我告诉她，疗程已错过了最佳时机。她的眼神暗下去，说，这几个月来，虽然她在会谈时情绪不稳定，但有我这双拐杖，她发现自己走得好多了。她甚至都不再需要去跳舞，社交，心理平静多了。我告诉她，这是好消息，希望她换了新的治疗师后，保持积极的心态。她叹了口气说，对跟只讲英文的心理医师合作没有信心。我就说，那我就给你介绍一位华人女心理医生？她一愣，说，男女有别吗？你是不是觉得我妨碍了你的工作？我马上说，当然没有这个意思，完全是从你的具体情况出发，觉得更有利沟通。莲露不响，接过我递过去的几张医师名片。轻声说,谢谢你。我听到了她话尾轻微的颤音。

莲露最后一次到诊所来，是前年感恩节前的傍晚。她临时改了时间，临近下班时才到。她告诉我她要利用感恩节假期回桂林为母亲提前庆祝 70 大寿，回美国后再跟我推荐的医师联系。她又说，继父已去世多年，母亲如今身体还不错，奇怪的是，她从没有表示过想回上海生活。母亲曾来美国探亲，匆匆打个转就回桂林了。如今就靠已成为成功私营企业家的辉哥就近照顾。她真是个好看的老太太。莲露说着，笑了笑。

我们一起离开诊所，天已经黑下来。出到台阶上，莲露忽然说，她的车子坏了，这是为什么她今天要改时间。后来还是同事送过来的。她问我能不能将她捎到捷运站，她要从那里坐捷运回旧金山。我心里有些犹豫，可在这样的情境下，我没有拒绝的理由。车子开出诊所停车场时，她忽然说，天已经晚了，我请你吃顿饭？我谢谢她，又告诉她这可是有违职业规范的。莲露问，不能通融一次吗？就当我们只是朋友？我苦笑着摇摇头，说，不仅不能吃饭，按规定，将来如果我们在其他地方碰到，我是不能主动跟她打招呼的。那我主动跟你打招呼呢？莲露的声音高起来，尖尖的。我看了她一眼，心里觉到很深的伤感，但没答她的话。她安静地坐着，握了一下我的手。

到捷运站前，我下车送她。我们几乎同时拥住了对方，很短暂，却是一个非常有力量的拥抱。莲露一路走进捷运车站。我坐在车里，看到她穿黑色短风衣的身影一闪，消失在转角处，才慢慢将车子开出车站。回到家里，车子在车库停稳，我一眼看到莲露的座位上有个小小的物件，就着灯光拿起，看到那是一只做工精巧的镂空金属小挂件，两面分别是荷花和“十相自在”图案，用色艳丽喜气，长长的彩色穗带上有只微型铃铛，一动就轻声作响，很是悦耳。我给莲露去电话，告诉她忘了东西在我车里，我会给她寄回去。电话那头很静，我轻唤了她一声，她才说，你就先放着吧，等我什么时候有空再去取。

莲露当然再没来过。我们从此也没再联系。今年早春的时候，我曾在伯克利的超市里远远见到她推着一辆购物车，站在果蔬柜前挑选。她穿着一件桃红色短夹克，头发盘在头上，看上去很出众。她身边站着一位留着整齐胡子的中年白人男子，两人不时说笑，表情非常亲昵。莲露看来又有了男友，这让我隐隐有些不安，担心她会不会停止了心理治疗。我没有上前打招呼。我想，或许将来，另有机缘也未可知呢。

我拉开办公桌左边的抽屉。莲露留在我车子里的那个挂件安静地躺在屉子的一个格里。我将它拿出来。那上面的莲花被精心描绘在镂空的金属细纹上，随着我的手移动，闪着微亮的光，那当然不是钻石光芒，却也不像泪水。我将挂件放回屉里的瞬间，无法再否认自己心里的内疚——莲露是被我推出去的。在她和我相处的那三个月中，其实我是她唯一交往的男性。作为心理治疗师，我应该知道这种可信任异性关系对莲露的极端重要。她甚至说了，在那三个月里，我是唯一一副支撑她的拐杖。

我拿起电话，点拨杰妮的电话，没等拨完，我又将电话放下来。我有机会详细报告的，不用急。

我站起身来，背离着身后那排从太平洋击来的巨浪而去。晚霞中金红的水域耀眼得让人无法直视，我停在门边，等着眼睛调适过来。

天真的黑下来了。